JN095074

テクスト探究の軌跡

―ヘンリー・ジェイムズ、レイモンド・カーヴァー、村上春樹―

山根　明敏　著

大阪教育図書

In memory of Kenkichi and Emiko Yamane

目　次

序　文

　本書の目的は、Henry James（1843-1916）、Raymond Carver（1938-88）、村上春樹（1949-）のテクストを題材に、精読による新たな解釈の可能性を提示することにある。

　何故今精読なのか。筆者は過去数十年間にわたる様々な文学研究の潮流を目のあたりにし、常に疑問に思うことがあった。本来文学研究の中心となるはずの文学テクストが、著しく軽視されているのではないかということである。この問題に関しては山形が次のような指摘をしている。

　　　だが（ここが重要なところだが）同時に、1960 年代の終わり頃から欧米の批評や専門の文学研究の領域を席捲し始めた文学批評の理論に対して、その後いろいろの消極的な反応が出始めてきた。構造主義、ポスト構造主義、脱構築批評、記号論、フェミニズム、マルクス主義批評、その他の文学理論の諸流派の隆盛によって過去 20 年以上の間、抽象的な理論のほうが作品の元テキストの精読よりも優勢になり、一般読者よりも専門の批評家のほうに発言権が移り、いろいろの様態の解釈あるいは脱構築が優先されて読者の行う基本的な読みの体験が無視されるようになった。（19-20）

本書においては読者反応批評、フェミニズム批評、クイア批評、間テクスト性等を導入するが、それらはあくまで文学テクストを分析するための手段としてであり、基本的には文学テクストに密着した精読を行う。

　次に問題となるのは、何故ジェイムズとカーヴァーの組み合わせなのかということであろう。この事を説明するに当たっては、ジェイムズの有名な「ホーソーン論」を引用する必要がある。いわゆるアメリカにおける「ないないづくし」の部分である。

　　The negative side of the spectacle on which Hawthorne looked out, in his contemplative saunterings and reveries, might, indeed, with a little ingenuity, be made almost ludicrous; one might enumerate the items of high civilization, as it exist in other countries, which are absent from the texture of American life, until it should become a wonder to know what was left. No state, in the European sense of the word, and indeed barely a specific national name. No sovereign, no court, no personal loyalty, no aristocracy, no church, no clergy, no diplomatic service, no country gentleman, no palaces, no castles, nor manors, nor old country houses, nor parsonages, nor thatched cottages nor ivied ruins; no cathedrals, nor abbeys, nor little Norman churches; no great Universities nor public schools — no Oxford, nor Eton, nor Harrow; no literature, no novels, no museums, no pictures, no political society, no sporting class — no Epson nor Ascot! ("Nathaniel Hawthorne", 351-352)

ここで述べられている「高度の文明の諸項目の欠如」した環境を逆手に取り、極限まで切り詰めた文体や表現で、作品を作り出したのがレイモンド・カーヴァーであると言えるのではないか。もちろんホーソーンやジェイムズとの、年月の隔たりを考慮に入れる必要はあるだろう。しかし、カーヴァーの描いたアメリカ西海岸の、ブルーカラーの労働者の日常生活は、「Kマート・リアリズム」や「ダーティ・リアリズム」と揶揄されたように、ジェイムズがホーソーン論の「ないないずくし」で列挙している「高度の文明の諸項目」とは対極の世界であることは、明らかであろう。言いかえるならばカーヴァーは、ジェイムズが書かなかった世界をあえて選び、作品にしたと言えるのではないか。

さらに、ジェイムズとカーヴァーの間の溝は Ernest Hemingway（1899-1961）を導入することによって埋まると考えられる。ヘミングウェイは *Green Hills of Africa*（1935）で、最も優れたアメリカの小説家として、Mark Twain（1935-1910）とともに、ジェイムズの名をあげているのである（275）。また、ノーベル賞を受賞した後に、ヘミングウェイはノーベル賞を受賞すべきであったのは、ジェイムズであると述べている。ジェイムズとヘミングウェイとの結びつきは、Haralson によりクイアという観点からも存在することが指摘されている。

　カーヴァーは最も影響を受けた作家として、ためらうことなくヘミング
ウェイの名をあげている。また、カーヴァーが村上に多大な影響を及ぼした
ことは議論の余地がないであろう。かくして、ジェイムズ、ヘミングウェイ、
カーヴァー、村上という異色の系譜が完成するのである。

　本書は以下の章から構成されている。その概略を記す。

第 1 部　ヘンリー・ジェイムズ編
第 1 章　『使者たち』をコンフィダントから読む
　『使者たち』におけるコンフィダントである Maria Gostrey に注目し、彼
女の人物像を「頭」と「心」の乖離という問題を手掛かりに分析すること
により、作品の新たな解釈の可能性をさぐる。
第 2 章　「巨匠の教訓」における視点的人物について
　視点的人物である Paul Overt に焦点をあて、恋愛や文学に関する彼の思
考の問題点を探る。
第 3 章　『デイジー・ミラー』試論
　Daisy Miller を視点的人物である Winterbourne によって、読み解かれる
テクストであるという観点から、作品を分析する。
第 4 章　『デイジー・ミラー』と「ジュリア・ブライド」を比較する
　ジェイムズが姉妹編とした二つのテクストを、フェミニズム批評の観点
から比較分析する。
第 5 章　「密林の獣」における解釈のせめぎあい
　この作品を John Marcher と May Bartram のテクストをめぐる解釈のせめ
ぎあいと捉え、分析する。
第 6 章　『ねじのひねり』におけるクイアな欲望
　ガヴァネスが女中頭の Grose 夫人に求める、奇妙な一体感に焦点をあて、
クイア・リーディングの手法を用いて、新たな解釈の可能性を探る。

第7章 「アスパンの恋文」におけるホモ・エロティックな欲望

語り手の Aspern、Miss Tita に対する感情を，他者の欲望の模倣という観点から分析する。語り手のアスパンに対するホモ・エロティックな欲望についても言及する。

第2部 レイモンド・カーヴァー編

第1章 「コンパートメント」における心理の揺れ

本章では、ともすれば単純化され過ぎるきらいのあった視点的人物 Myers の息子に対する心理の揺らぎに焦点を当て、読者に向かって開かれたテクストの一つの読みの可能性を提示してみたい。

第2章 「羽根」の中の空白を探る

本章の目的は、『レイ、ぼくらと話そう』の三浦による論文によって開かれたクイア・リーディングの可能性を、「羽根」へと広げることにある。その際、作者のカーヴァーが同性愛者であったとかなかったとかいう問題には、三浦と同様の理由から（151）深入りしないことにする。肝心なのはテクストに何か書かれ、そこから何を読み取ることができるかということである。

第3章 「シェフの家」を精読する

平石貴樹は、『レイ、ぼくらと話そう』の中で「『大聖堂』におさめられた「シェフの家」は、アルコール依存症をあつかう点でカーヴァー・ワールドの中核をなすだけでなく、現代アメリカ文学の代表的な秀作として位置づけられるべき作品である。」（156）と述べ、最大限の賛辞を贈っている。本章は先行研究として平石の論文を参照しながら、この作品に対する独自の見解を展開していきたい。

第4章 「でぶ」を間テクスト性から考察する

本章では "Fat" と Ernest Hemingway の "Cat in the Rain" との間テクスト性を手がかりに、新たな読みの可能性を提示する。

第5章　「ダンスしないか」を精読する

　　Beginners の公刊により、オリジナルのテクストと Gordon Lish の改変を経たテクストとの詳細な比較が可能となり、*What We Talk About Love* のテクストのみを対象にしてきたこれまでの読みの枠組を超えた、新たな読みの可能性が開かれた。本章ではその中でも評価の高い "Why Don't You Dance?"（1977）の *Beginners* 版を取り上げ、特に冒頭の部分の分析を中心に、間テクスト性や冠詞の使用例を手掛かりに、新たな読みの可能性を探る。

第3部　村上春樹編
第1章　村上春樹「アイロンのある風景」を間テクスト性から読む

　　本章の目的は、2000 年に出版された『神の子どもたちはみな踊る』の二番目に収録された短編小説「アイロンのある風景」を主にとりあげ、カーヴァー、Jack London との間テクスト性、及び「父」なる概念という観点から分析を行い、この短編が村上文学における大きな転換点となっていることを示すことにある。

第2章　村上春樹『一人称単数』と私小説との距離－「クリーム」「ウィズ・ザ・ビートルズ」「ヤクルト・スワローズ詩集」「一人称単数」を読む

　　2020 年に出版された『一人称単数』に収められた 4 編の短編小説を分析し、小谷野の村上の作品を批判する著作を手がかりに、村上と日本近代文学の私小説との距離をさぐる。

第1部　ヘンリー・ジェイムズ編

第1章 『使者たち』をコンフィダントから読む

1. はじめに

　Henry James の長編小説には、その人物自体は小説の本筋にさしたる影響を及ぼさないにもかかわらず、主人公の心を打ち明ける相談相手としては重要な役割を果たす人物、すなわちコンフィダント（男性の場合は confidant、女性の場合は confidante）がしばしば登場する。具体的に例を挙げるならば、『アメリカ人』（*The American*, 1877）のトリストラム夫人（Mrs. Tristram）、『ある婦人の肖像』（*The Portrait of a Lady*, 1881）のヘンリエッタ・スタックボール（Henrietta Stackpole）、『鳩の翼』（*The Wings of the Dove*, 1902）のスーザン・ストリンガム（Susan Stringham）、『黄金の盃』（*The Golden Bowl*, 1904）のファニー・アシンガム（Fanny Assingham）、そして本論で考察を試みる『使者たち』（*The Ambassadors*, 1903）のマライア・ゴストリー（Maria Gostrey）である。

　マライア・ゴストリー以外のコンフィダントと主人公との組み合わせが既婚婦人と男性（『アメリカ人』『黄金の盃』）または女性同士（『ある婦人の肖像』『鳩の翼』）であるのに比べ、ゴストリーと『使者たち』の主人公であるランバート・ストレザー（Lambert Strether）との組み合わせが独身の男女であることは、注目に値するのではないだろうか。

　ロマンティック・アイロニー、すなわち「頭（ヘッド）」と「心（ハート）」との乖離という観点からこの問題を分析してみると[1]、ゴストリーとストレザー以外の組み合わせが「頭」と「頭」との関係に著しく片寄ったものである印象が強いのに対して、ストレザーとゴストリーとの間には、コンフィダントとしての本来の役割に基づく「頭」と「頭」との関係のみならず、「心」と「心」との関係が存在しているように思われる。そして、このことは、二人の組み合わせが独身者同士であることに、深く係わっているのではないだろうか。

　本論では、これまで比較的取りあげられることの少なかったゴストリーの「心」に焦点を当てることによって、この作品における彼女の位置づけに関して、筆者なりの考察を加え、さらに彼女との係わり合いという観点から主人公ストレザーの「心」の問題にも論及してゆきたい。

2.　ゴストリーに関する考察（その１）

この作品においてゴストリーが特異な位置か占めていることは、次に引用するChesterのホテルで彼女がストレザーと出会う場面において、早くもうかがい知ることができるように思われる。

> They (Miss Gostrey's eyes) had taken hold of him straightway, measuring him up and down as if they knew how; as if he were human material they had already in some sort handled. Their possessor was in truth, it may be communicated, the mistress of a hundred cases or categories, receptacles of the mind, subdivisions for convenience, in which, from a full experience, she pigeon-holed her fellow mortals with a hand as free as that of a compositor scattering type. She was as equipped in this particular as Strether was the reverse, and it made an opposition between them which he might well have shrunk from submitting to if he had fully suspected it. So far as he did suspect it he was on the contrary, after a short shake of his consciousness, as pleasantly passive as might be. He really had a sort of sense of what she knew. He had quite the sense that she knew things he didn't, and though this was a concession that in general he found not easy to make to women, he made it now as good-humouredly as if it lifted a burden. (6-7)

（括弧内は筆者による）

　第一文はゴストリーの外面描写であり、これがストレザーの意識を通して語られているのか、あるいは、ストレザーの意識の介在なしに語る語り手によるものなのか、断定するのは難しい。それに対して、第二文は語り手がゴストリーの内面に入り込むことによってしか、語りえない内容であると考え

られる。このことは、"so far as he did suspect" 以下のストレザーの内面描写の部分との対照によって、より明確なものになっていると言えよう。このような語りの手法、すなわち語り手がストレザー以外の人物の内面について、ストレザーの意識を介在させずに語ること（全知の語りと言い換えることも可能であろう）は、『使者たち』という作品全体を通して眺めてみても、きわめて異例なものであると言えるのではないだろうか。Tilford, Jr. が指摘するように（66-78）、『使者たち』の視点は必ずしもストレザーに厳密に統一されているわけではない。しかしながら、この部分のように語り手がストレザー以外の人物の内面に入り込み、その人物の意識の構造を明らかにするような例は、他には見出すことができないのではないだろうか。

　さらに、その特異な語りによって明らかにされたゴストリーの意識が著しく知的なものに片寄っていることは、注目に値するように思われる。ここで描写されているのは、血の通った人間の意識というよりも、人を分類するための機械ででもあるかのような印象さえ否めない。「頭」と「心」という概念を用いるならば、語り手によって明らかにされているのは、彼女の「頭」に関することのみなのである。

　このことは、この作品の序文において彼女が「読者の友人」"the reader's friend"「登録済みで、直接的な、明晰さのための助力者 "an enrolled, a direct, aid to lucidity" と規定されていることと、深く係わっていると考えられる。(xliii) コンフィダントとして課された役割を果たすために必要とされるのは、彼女の「頭」の部分であって、「心」の部分はむしろ彼女の役割を危うくするものなのではないだろうか。「心」はそれ自体、非合理・不条理なものであって、ゴストリーの「心」の部分、特にストレザーに係わる部分を明らかにすることは、明晰さとは逆の方向に作用するのみならず、読者の、彼女の「頭」の部分に対する信用をも、著しく減ずる恐れがあると言わざるをえない。

　そうかと言って、「心」の部分を完全に切り捨ててしまった場合、作中人物としては非常に不自然なものとなることは避けられず、彼女が作り物の

人物にすぎないこと（ジェイムズは序文で彼女があからさまな「狂言回し」（ficelle）であると告白しているが（xliii））そのことが読者には一回瞭然となってしまう恐れがある。さらに、序文でジェイムズが述べているような、人物としての首尾一貫性を保つことも困難とならざるをえないであろう。ジェイムズは、コンフィダントの首尾一貫性の問題にかなりの関心を示しており、『ある婦人の肖像』の序文でもこの問題を論じている。さらに『使者たち』の序文からも、ゴストリーが「狂言回し」であることを陰蔽することは、ジェイムズにとっての一大関心事であったことがうかがわれる（xlv）。このことは、コンフィダントとしての役割を損なうことなく、いかに巧妙に彼女の「心」の部分を書き込むかという問題に、言い換えることができるのではないだろうか。

　この言うなれば二律排反した課題を、ジェイムズは、ゴストリーの「頭」と「心」を切り離し、「頭」の部分を先ほどの引用部分のように、彼女の意識の内部にまで語り手が入り込むことによって、読者に対して明確に示す一方、「心」の部分を、ウェイマーシュ（Waymarsh）、チャド（Chad）、バラス嬢（Miss Barrace）等の他の登場人物による、あるいは彼女自身による仄めかし程度に留めることによって、満たしていると考えられるのではないだろうか。

　引用部分において、全知の語りが用いられていることには、それなりの理由があると考えられる。すなわち、この時点における登場人物は、ストレザー、ゴストリー、ウェイマーシュのみであり、この三人の三角関係を軸に、小説は進行するのである。

　読者は当人の発言からではなく、他の人物による相互の指摘によって、個々の人物に関する情報を得ることになる（このことは、恐らく『使者たち』の序文で述べられているように、ジェイムズが内面吐露の恐るべき流動性 "the terrible fluidity of self-revelation" (xlii) を嫌っていたことに関係していると思われる）。ゴストリーとウェイマーシュは、それぞれの相手に対して、重要な指摘を行っている。すなわち、ゴストリーはウェイマーシュを愚かである

と断言し、彼が硬直したものの考え方の持ち主であることを、たちどころに見破ってしまう (30)。一方ウェイマーシュは、ゴストリーがストレザーに対して恋心を抱いていることを、ストレザーにずばりと言ってのけるのである (21-22)。

ウェイマーシュは、ストレザー自身の事柄に対しても、興味深い指摘を行っている。彼は、ストレザー自身は大役と思い込んでいる節のある、ニューサム夫人の使者としての役目が、実際には他人のプライバシーの詮索という、お世辞にも立派なものとは言えないということを指摘している (76)。しかし、ゴストリーが指摘するように、彼は所詮考え方の硬直した、ヨーロッパをまったく理解しようとしないアメリカ人の典型という、言うなればフラット・キャラクターの域を出ない人物であり、到底ゴストリーの「頭」の分析能力を語る力はないと言わざるをえない。同様のことは、ストレザーについても言えるのではないだろうか。ウェイマーシュに比べれば柔軟性に富むとはいえ、この時点ではまだよちよち歩きとでも言うべき段階であり、彼がゴストリーの「頭」を見抜く識別力をもっていることは、人物設定からいってありえない。したがって登場人物の視点を通して彼女の「頭」を事細かに語ることは不可能ということになり、全知の語り手の介入が必要となると考えられるのである。

このように、「頭」が明晰に語られているために、「心」の不明瞭さは、より際立ったものとなっている印象を受ける。読者の側から見れば、ゴストリーの「心」の部分は、曖昧に表現されているがゆえに、かえって想像力をかきたてられる部分であるとも言えるのではないだろうか。この点に関して、大津は、ゴストリーを「結局アメリカからの旅行者の世話をして糊口をしのいでいる、哀れな、ある意味で海千山千の国籍喪失者である」と述べ、彼女がしばしば姿を消すのは、「あまり人前では言えない仕事をしているからである」と推測している (257-258)。「あまり人前では言えない仕事」とは、かなり踏み込んだ表現であるが、長島が指摘するように[2]19世紀末のイギリスでは、ミドル・クラスの女性が金銭のために働くことは恥辱と

考えられ、作家や女医として成功した一部の女性を除けば、ガヴァネス（住みこみ家庭教師）がほとんど唯一の彼女たちの仕事であったことを考えあわせれば、かなり真実味を帯びてくるのではないだろうか。

　このような、ゴストリーにいわば陰の部分とでも呼ぶべきものが存在することは、すでに『計画書』(*Project of Novel, 1900*)[5] の次の部分に示唆されていると考えられる。

> She (Miss Gostory) is inordinately modern, the fruit of actual international conditions, of the glowing polyglot Babel.　She calls herself the universal American agent.　She calls herself the general amateur-courier.　She comes over with girls.　She goes back with girls.　She meets girls at Liverpool, at Genoa, at Bremen – she has even been known to meet boys. (546)
>
> 　　　　　　　　　　　　　　　（括弧内は筆者による）

『計画書』の段階において、彼女のいわゆる社会的位置づけはあくまで自称の域を出るものではないことがわかる。さらに、最後のセンテンスの内容は、意味深長と言えるのではないだろうか。想像を逞しくするならば、ゴストリーが一種の娼婦的な女性であった可能性にもつながる部分と考えられるのではないか。

　彼女の暗黒面は、作品中においてもあちこちに散りばめられているように思われる。彼女はストレザーとのチェスターにおける出会いの場面において、はやくも、ヨーロッパを「こんなに悪い世の中」（"so wicked a world"）と形容し、そのような社会の中で彼女自身「もっと悪いことまで、みんな知っているのです」（"I know worse things still."）と告白しているのである（12）。

　さらに、金銭の問題が絡んでくることによって、彼女のとらえどころのなさはますます増大してゆくことになる。Yeazell は、「ジェイムズの小説において、登場人物の自由は、しばしば財産を尺度として計られる。そのため、収入の多少は、かなり大きな問題となってくる」（5）と指摘し、ジェイムズの作品における金の重要性を強調するが、ゴストリーの言葉は、収入

の問題に関しては、きわめてぼかされたものになっていると言わざるをえない。彼女は「利益を求めていない」（"I don't do it, you know, for any particular advantage."）（12）と言ってはいるものの、まったく利益を得ていないとまでは言い切ってはいない。さらに、金が目当てでこの仕事をしているのではないという意味の発言を再度行っているが、このことによって、読者はかえって、金が係わっていることを意識せざるをえないのではないだろうか。

　ストレザーの眼に映ったゴストリー像と、実際のゴストリーとのギャップは、この作品の特色の一つである、視点と語りの妙技によってさりげなく、しかし効果的に表現されていると考えられる。次に引用する部分は、いわばその最たるものと言えるであろう。

> There was much the same difference in his impression of the noticed state of his companion, whose dress was 'cut-down,' as he believed the term to be, in respect to shoulders and bosom, in a manner quite other than Mrs. Newsom's, and who wore round her throat a broad red velvet band with <u>an antique jewel</u> –he was rather complacently sure it was antique—attached to it in front….
>
> 　It would have been absurd of him to trace into ramifications the effect of the ribbon from which Miss Gostrey's <u>trinket</u> depended, had he not for the hour at the best, been so given over to uncontrolled perceptions. (34) 　　（下線は筆者による）

本来は、「狂言回し」にすぎないゴストリーがストレザーの眼を通して、血と肉とを備えた女性として描かれている。ゴストリーの、そしてストレザーの「心」の問題を探る上で、きわめて注目すべき部分であるように思われる。この場面でストレザーが、ゴストリーの身につけている宝石を「年代物」であると考えたのは、歴史的なものに乏しいがゆえに、一層歴史的なものに憧れを感じる、アメリカ人特有の心情によるものであろう。そのように考えるストレザーに「悦にいって」という副詞が配されていることによって、彼をアイロニカルな眼で見つめる語り手の存在が示唆されていると言えるのではないか。そのことは次の段落において、より明確なものになると

考えられる。仮定法過去完了という、きわめて全知の語り手の存在を感じさせる文の中において、ゴストリーの「年代物」の宝石は "antique jewel" から "trinket"「安物」という言葉に置き換えられているのである。ストレザーが「悦にいって」「年代物」であるとみなしていたことを考えあわせれば、全知の語り手がストレザーのゴストリーに対する過大な評価に修正を加えたとも解釈することができるのではないだろうか。

　この修正は、ストレザーの意識が必ずしも実相をとらえているのではないことを、読者に知らしめるものであると同時に、ゴストリーがストレザーの考えるほど、真の「社交界の貴婦人」ではないことを示唆していると考えられる。そのことは、ゴストリー自身の言葉の中にも、見え隠れしているように思われる。次に引用するのは、ロンドンの劇場で二人がニューサム夫人を話題にしている部分である。

> 'How does she do her hair?'
> He laughed out. 'Beautifully!'
> 'Ah that doesn't tell me. However it doesn't matter－I know. It's tremendously neat--- a real reproach; quite remarkably thick and without, as yet, a single strand of white. There!'
> He blushed for her realism, but he gaped at her truth.
> 'You're the very deuce.'
> 'What else should I be? It was as the very deuce I pounced upon you. But don't let it trouble you, for everything but the very deuce ― at our age ― is a bore and a delusion, and even he himself, after all, but half a joy.' (46-47)

　ゴストリーのニューサム夫人の髪に対する指摘は、のちにストレザーがチャドの白髪混じりの頭（"gray hair"）を、彼の洗練の象徴としてとらえることに、少なからぬ影響を及ぼしているように思われる。ストレザーのニューサム夫人に対する断片的な発言をつなぎ合わせ、後に登場するチャドに対する認識を左右するような発言をする ―― まさに、「狂言回し」としての面目躍如たる場面である。彼女にこのようなことが可能であるのは、彼女

がヨーロッパ化されたアメリカ人であるという設定から、新旧両大陸の事情に精通しているためであり、さらには「狂言回し」としての機能を果たす上で彼女に付与された「頭」の備えた鋭い分析能力によるものであろう。

　しかし、このような分析能力が、彼女の「頭」のみに係わるものと考えるのは、いささか結論を急ぎ過ぎるように思われる。引用した部分で彼女が自分を悪魔にたとえ、ストレザーとの出会いについても「襲いかかった」という表現を用いていることは、「頭」というよりむしろ先に指摘した彼女の暗黒面との係わり合いを示唆するものであり、彼女に何か神秘的とでもいうべき能力が備わっていることを示すものであると考えられないであろうか。

　彼女の神秘的な力は、次の部分からもうかがい知ることが可能であろう。

'They've got you,' she portentously answered.

'Do you mean he is− ?'

'They've got you,' she merely repeated. Though she disclaimed the prophetic vision she was at this instant the nearest approach he had ever met to the priestess of the oracle. The light was in her eyes. 'You must face it now.'

He faced it on the spot. 'They had arranged−?'

'Every move in the game. And they've been arranging ever since. He has had every day his little telegram from Cannes.'

It made Strether open his eyes. 'Do you know that?'

'I do better. I see it...' (93-94)

あくまでストレザーの印象としてではあるが、ここでも彼女は "prophetic vision" "priestess of the oracle" という語に示されているように、やはり神秘的な力の持ち主であることが示唆されている。『使者たち』のなかで、このように暗示されている彼女の神秘的な力は、どのように位置づけることができるのだろうか。

3. ゴストリーに関する考察 (その2)

　もともとジェイムズ文学には、女性を、男性にはない力をもつ者としてとらえる傾向があるように思われる。例えば 、"The Beast in the Jungle"（1903）のなかには、次のような一節を見出すことができる [4]。

> That was what women had where they were interested; they made out things, where people were concerned, that the people often couldn't have made out for themselves. Their nerves, their sensibility, their imagination, were conductors and revealers...
> (93)

本論冒頭で指摘したように、ジェイムズがコンフィダントとして女性を多用したことは、女性の中に彼自身が認めていたと思われる、神秘的な力と深く係わっているのではないだろうか。ここで重要なのは、その神秘的な力を生み出す源泉を河に求めるかということである。例えば、「密林の獣」から引用した部分は、この小説の視点的人物である John Marcher の視点から、この小説におけるコンフィダント的な色彩の濃い女性である May Bartram を描写したものである。マーチャーは神秘的な力の源泉を、この時点においては、「神経、感受性、想像力」に求めている。しかし、この小説の結末に示されているように 、彼女の不思議な力の源泉は、彼に対する無償の愛、すなわち「心」の部分にあったのである。

　この問題はゴストリーに関しても言えるのではないだろうか。先に述べたように、彼女の「心」に関する描写は、「頭」に関する描写に比べて、非常に曖昧なものであった。さらに、視点的人物であるストレザーについて述べるならば、彼自身に関しても「頭」と「心」の乖離が認められ、「ニューサム夫人の使者としての任務」という、いわば「頭」の部分に忠実であろうとするがゆえに、自らの「心」をことさらに抑圧しようとする傾向が認められる。そのため、ゴストリーに対する彼の「心」の在処を探ることは困難であると言わざるをえないのである。

　しかし、この小説の最後の場面からもわかるように、両者の「心」と「心」のつながりは確かに存在しているのであり、持に、ゴストリーのストレザーに対するそれは、彼女の神秘的な力を生み出す一つの原動力であると同時に、彼女がこの作品を通して「狂言回し」として活躍することを、いわば合理化する方便となっていると考えられる。先に指摘したゴストリーの暗黒面も、必ずしもマイナス要因として考えるのではなく、彼女の神秘的な力を生み出す源泉の一つとして積極的に考えることが可能ではないだろうか。

　そもそもストレザーが使者としてヨーロッパで見極めるべきこと自体、チャドとビオネ夫人の関係がいかなるものであるかという、きわめて下世話な、しかも「心」に直接の係わりをもつ問題である。ゴストリーがストレザーのコンフィダントである以上、彼女はストレザーを上回る眼力を備える必要がある。従って、彼女はヨーロッパの堕落した面を熟知した人物でなければならず、そのためには彼女自身もまた、堕落の影に染まっていなければならなかった。さらに、ストレザーが扱うべき問題が、男女の間柄という、きわめて「心」の根幹に係わるものであったがゆえに、彼女自身もまた、「心」の問題を内包している必要性があったとは考えられないであろうか。

　その意味では、ビオネ夫人が、ストレザーに偽りの外観を提示したそもそもの原因は、チャドを失いたくないという、「心」に直接的に係わるものであったのであり、「心」の、しかも深刻な問題を抱えているという点においては、本来は主題の取扱いに属していると考えられるゴストリーと、主題そのものの方に属していると考えられるビオネ夫人は、意外に近いところにいるとも考えられるのである。

　二人のファーストネームがともに「マリア」（Maria Gostrey, Marie de Vionnet）であることの謎を解く鍵も、案外このあたりにあるのではないだろうか。この二人のマリアの問題に関しては、Tintner が、Cargill、Troy、Gibson らの宗教的な解釈を批判し、Balzac の小説の影響という観点から、説明を試みている（306-308）。しかし彼は、ビオネ夫人に対しては「イブでもあり、マリアでもある女性の二重性」（"The Dual nature of woman as Eve and as Mary"）を指摘するものの、ゴストリーの二重性に関しては言及していない。その点において、彼の説明は筆者には納得しがたいのである。

　筆者は、この問題を人間の両極性（それは「頭」と「心」の乖離の問題とも関連していると考えられるのであるが）という観点からの考察を試みたい。すなわち、ストレザーに寄り添い、コンフィダントとして知恵を与えるゴストリーが、聖母マリアのイメージと重なるのに対し、ストレザーに偽りの外観を突きつけ、結果的には、彼の老後の経済的な保障となったであろうニューサム夫人との結婚を破綻させたビオネ夫人は、マグダラのマリアのイメージと重なるものがある。この対比において、二人のマリアは一人の女性が備えている両極性を、二人の人物に具象化したものと言えるであろう。

　その一方で、聖母マリアに擬せられるゴストリーにも本論で指摘してきたような暗黒面が存在し、マグダラのマリアに擬せられるビオネ夫人にしても、チャドとの関係の性質が明るみに出た後でさえも、ストレザーの眼には、なお素晴らしい女性として映るのである。ここで、ストレザーの「心」が、二人のマリアに対して程度の差はあれ、向けられていたことを思い起こす必要があろう。さらに、二人の女性とストレザーとの出会いの場面を考慮するならば、二人はユングの心理学で言う、ストレザーのアニマであったと考えることも可能ではないだろうか。ユングの心理学において、聖母マリアはアニマの第二段階（霊的段階）の典型とされており、この段階においてセックスは聖なる愛へと高められるのである[5]。この小説において、二人のマリアは性的な関係が存在しないことを信じることによって、いねば幻想の世界を作り出していたストレザーを導き、本当の男女の愛の姿を知らしめるという読みも可能であるように思われる。

　チャドとビオネ夫人との関係の真の姿を知った後に、確かにストレザーは二人に対して激しい怒りを感ずる。しかし、「清らかな関係」が嘘であったことが確かであっても、それが彼にとって表面的な真実でしかなかったことは、「正体を現した、二人の親密さという、深い深い真実」（"the deep, deep truth of the intimacy revealed"）（396）という言葉に示されているように思わ

れる。彼の怒りはむしろ、二人の親密さから「まるで女の子が人形に着物でも着せるように」（"as a little girl might have dressed her doll"）（396）ことさら眼をそらそうとしていた自分自身に、より多く向けられていたと考えるべきではないか。彼がこのような認識に至るのは、まさにコンフィダントとしてのマリア（ゴストリー）と、事件の渦中にいたマリア（ビオネ夫人）との、いわば共同作業の結果によるものとも言えるのではないだろうか。

4. 結論

　本論では、本来は「狂言回し」という、小説技法上の手段に過ぎないマライア・ゴストリーに付与された、「心」について考察してきた。この小説の序文の彼女に関する記述からうかがい知ることができるように、彼女の役割は、第一義的には「狂言回し」「読者の友人」という、小説技法上の要請に基づくものであり、彼女の「心」を猫き込むことができる範囲も、あくまでその第一義的な役割を損なわないものに限られていた。

　ジェイムズは、彼女の「心」と「頭」とを分離し、「頭」について、あえて視点の統一を損なう危険を冒して、明晰に読者に提示しているのに対し、「心」に関しては、終始曖昧な形で仄めかすに留めている。そのため、本章で指摘した堕落した女性である可能性も、あくまで推論の域を出ないものである。しかしそう考えることによって、彼女がビオネ夫人の登場によって突然姿を消してしまったり、早い段階から夫人とチャドとの関係に気づいていたと思われるにもかかわらず、そのことをストレザーに明らかにしなかったことの謎も解けるのではないだろうか。実際、彼女はストレザーに対して、ビオネ夫人に弱みを握られていることを仄めかしている（164）。

　彼女の「心」は、コンフィダント本来の役割と結びついた「頭」を主とすれば、あくまで従の位置にある。Matthiessen は、ゴストリーがストレザーを恋し、結婚を夢見るという設定も、彼女を物語の本質的な一部分とするには至らず、むしろ、ストレザーの放棄が消極的な意味しかもたないという印

象を、必要以上に強調するに過ぎないと批判する（38）。しかし、本来課せられた役割のゆえに、彼女は、本質的な一部分とならないように運命づけられていたのであり、「コンフィダント」「狂言回し」「読者の友人」という厳しい制限が設けられていたにもかかわらず、ジェイムズが本論で考察したような、奥行きと陰影に富んだ人物を創りあげていることは、十分評価するべきではないだろうか。

第2章 「巨匠の教訓」における視点的人物について

1. はじめに

"The Lesson of the Master" (1888) は、ジェイムズの中・短編小説の中では「芸術家もの」に分類されている作品である。*Notebooks* によると、この作品が執筆されたきっかけは、友人 Theodore Child の語った、「結婚が芸術家に及ぼす影響」("the effect of marriage on the artist") であった[1]。

作品中において、かつての巨匠 St. George は、新進気鋭の小説家である Paul Overt に向かって、次のような教訓を語る。即ち、芸術家は作品を完璧なものに高める事に専心すべきであり、妻を持つことはその妨げとなる。従って、芸術家は一生独身を通すべきである。という教訓である。

この作品には、巨匠とポールを魅了する女性、Miss Fancourt が登場する。ポールが巨匠の教訓に感動し、芸術に没頭するためにイギリスをはなれているうちに、巨匠に長年寄り添ってきた妻は病死、さらにポールが帰国してみると、巨匠とミス・ファンコートは婚約していることが判明する。その結果、果たして巨匠の教訓は、ポールを芸術における堕落から救済するために行われたのか、あるいは、恋の競争相手である彼を陥れるための策略であったのか、という曖昧性が必然的に生ずる。そしてこの問題は、この作品が論じられる際に、必ずといってよいほど取り上げられてきた。

論議を呼んできたこの曖昧性が、視点的人物であるポール・オーヴァート自身が作品の結末において抱く疑問と合致するものであることは、注目に値する。このことは、これまでの研究が、視点的人物である彼に、程度の差はあっても、かなりに信頼を置いてきたことを意味するのではないだろうか。

そこで本論では、敢えて芸術論や、芸術家の生き方と言った問題に触れずに、視点的人物であるポールに焦点を絞り、彼を徹底的に分析することによって、新たな解釈の可能性を探ってみたい。

2. ポール・オーヴァートという人物

　従来の研究においては、視点的人物であるポール・オーヴァートに対する見方は、概して好意的である。この見解の根底には、彼が優れた、前途有望な作家であるという認識があると考えられる。例えば、Segal は、"the observer in The Lesson of the Master is himself a distinguished writer" と断定している（140）。ミス・ファンコートには、かなり批判的な立場を取る Newman でさえ、彼に対しては、"the young and accomplished novelist" という見解を示している（42）。

　彼が若いことは、疑いようのない客観的な事実であるが、優れた才能の持ち主であるか否かについては、検討の余地が残されていると言えよう。彼の才能が優れているということは、これまでも取り上げられることなしに、言わば無批判な形で受け入れられ、この作品を読み解く上での前提条件とされていたのではないだろうか。筆者はこの根本的な問題に、まず検討を加えることが、語り手の問題を考える上で、ひいてはこの作品全体を解釈する上で、不可欠であると考える。

　ポール・オーヴァートの小説の書名 "Ginisttrella" は、この作品の第 1 章で読者に提示されるが、ここで問題となるのは、それが示されているコンテクストである。

> Lastly Paul Overt had a vague sense that if the gentleman with the expressionless eyes bore the name that had set his heart beating faster.
> ….he would have given him a sign of recognition or of friendliness, would have heard of him little, and would know something about "Ginistrella" would have an impression of how that fresh fiction had caught the eye of real criticism. (7)

この文があくまで、ポール・オーヴァート自身の「ぼんやりとした考え」であることに注目する必要があるだろう。すなわち、「ギニストレラ」の名前は、あくまでポール・オーヴァートの意識のフィルターを通じて語る語り手

によって、彼の意識描写の中において、読者の側に示されているのである。

　さらに、このような意識を生み出すもととなっている彼の心理状態も、検討するに値する。この少し後の部分で、今度は先程とは異なり、視点的人物の意識を通さないで語る語り手（以下 authorial narrator とする）によって、次の事実が示されている。すなわち、「彼は大胆な社交性とは無縁の人物であり、それは実際、彼の欠点の一つであった」のであり（"He was but slenderly supplied with a certain social boldness- it was really a weakness in him ,"）(5)、「少し神経質になっていた」（"Our friend was slightly nervous;"）(5) のである。彼は、芸術家としての自分の生活とは異質な世界の真っただ中に、しかも親しい知り合い一人いない状況に放り込まれたために、一時的にアイデンティティの喪失という、極めて不安定な心理状態に置かれていると考えられる。このことは、先に引用した部分を、次の部分と比較することによって、より鮮明に浮かび上がってくるであろう。

> "Yes sir –probably, sir," said his guide, who appeared to wish to intimate that a person staying at Summersoft would naturally be, if only by alliance, distinguished. His tone, however, made poor Overt himself feel for the moment scantly so. (4)

この部分における彼の心理状態は、被害妄想に近いものと言わざるを得ない。観察者であるポール・オーヴァートが、読者にとって、果たして信頼できるのか否かを計る上での重要な尺度となる、彼の代表作品の評価が、このような冷静さとは程遠い、特殊な心理状態のもとに、彼自身の意識のフィルターを通して提示されていることは、ジェイムズなりの意図や計算があったのではないだろうか。この作品から読み取ることが可能な限り、ポール・オーヴァートは社交界で重要視されるであろう。家柄・財産のいずれにもそれほど恵まれていない。従って、彼がこのような集まりに参加できる唯一の資格は、「ギニストレラ」の作者であるもとにほかならない。その上、彼は社交界においては、全くの初心者であり、殊更にこの作品にこだわり、これを誇示しようとするもの、その点を考慮すべきであろう。自己のアイデン

ティティの拠り所がこの一点のみしかないということは、ミス・ファンコートと彼の関係を考察する上でも、少なからぬ意味を持つと考えられる。

　ポール・オーヴァートの作家としての資質に疑問を感じさせる描写は、次の部分から読み取ることが可能ではないだろうか。

> By the time they came to where the others sat he had recognized his initiator for a military man and –such was the turn of Over's imagination–had found him thus still more sympathetic…He would naturally have a need for action, for deeds at variance with the pacific pastoral scene. (6)（下線は筆者による）

初対面の人物をある程度まで、相手の外見や肩書きによって判断することは、人間だれしも避けられ得ないことである。しかし相手が軍人だからといって、平和で牧歌的な状況に満足していないであろうと考えることは、余りに単純な発想であると言わざるを得ず、読者としては失望を禁じ得ない。このような彼の思考の傾向が、オーソリアル・ナレーターによって、客観的に指摘されていることは（下線部）視点的人物を検討する上での、有力な手がかりとなるのではないだろうか。人間を自分にとって既知のタイプに当てはめて理解しようとする傾向は、イギリスの芸術家について彼が論ずる部分からも伺われるように思われる。(13-14)

　彼の認識が、自分自身のことを考慮にいれることなしに、行われる傾向があることも忘れてはなるまい。このことは、Segal が次の部分を引用して、指摘している。

> What further intensifies the generality of this passage is the authorial ironic remark about the observer who is disconcerted by St. George's fine Sunday attire. He (Paul Overt) forgot for the moment that the head of the profession was not a bit better dressed than himself a specimen of the peculiarly English race of gentlemen-artists is of the greatest significance. (140)　（　　）内は筆者による。

Segal はこの部分を、ポールの物事を認識する上での欠陥であるという見方

は取らない。しかしこの部分の描写は、ジェイムズが他のいくつかの作品で描いている、「エゴイスティックな探索を行う人物達」（Segal 140）と彼が、相通ずる資質を持っていることを示すものではないだろうか。

　以上の事を考え合わせるならば彼のものの見方は、外観と実相を、自分自身の立場等は全く考慮することなく、直接的に結び付けようとする、強引かつ単純であるものといわざるを得ない。従って彼の作品もまた、外観と実相を、単純に結び付けたものである疑いが生じるのも当然であろう。ジェイムズは視点と語りの技法を駆使して、いかに外観が実相を裏切るという問題を、その作品の中において追及し続けた作家である。従って少なくともこの点に関しては、ポール・オーヴァートと作者ジェイムズとの距離は、かなり大きいと考えるべきであろう。

　彼の物事の認識の仕方に関するもう一つの特徴は、余りに直感に頼って物事を判断し過ぎるということであり、さらに自らの直感によって一旦判断を下した後は、それはもはや動かしがたい真実として、頭の中に固定されてしまうことである。この作品の前半の部分で、彼は二つの興味深い判断を下している。

　その一つは、セント・ジョージ夫人が燃やしたとされる、巨匠の本に関する判断である。ポール・オーヴァートは、夫人からこの話を聞くや否や、瞬時にその小説は傑作であったに違いないと「判断する」。しかし、彼がこのような判断を下すに至った根拠は、全く示されていないと言わざるを得ないのであり、語り手の語り口も、単に彼が判断を下したという事実のみを語るだけの、いささか素っ気ないものである。言い換えれば、語り手は読者に対して、この下された判断が果たして正しいものであるか否かについての保証を、与えることを拒否しているのである。

　果たして夫人が燃やした原稿は、巨匠の傑作の一つであったのだろうか。語り手が堅く口を閉ざしている以上、読者はポール・オーヴァート以外の登場人物の言葉を、頼りにせざるを得ない。それはセント・ジョージの次の言葉に求められるのではないだろうか。

"What was book Mrs. George made you burn — the one she didn't like? "Our young man brought out.

"The book she made me burn — how did you know that? "The Master looked up from his letters quite without the facial convulsion the pupil had feared.

"I heard her speak of it at Summersoft."

"Ah yes –she's proud of it. I don't know –it was rather good."

"What was it about?"

"Let me see." And he seemed to make an effort remember.

"Oh yes — it was about myself."

Paul gave an irrepressible groan for the disappearance of such a production. (74)

セント・ジョージは失われた作品を「かなり良いものだったよ。」と言っているものの、それはその内容を思い出す以前の発言であり、極めて信憑性に乏しいと言わざるを得ない。いくら彼が、芸術に対する熱意を失っていたとしても、燃やされた作品が類稀な傑作であったとしたならば、その内容をすぐに思い出すことができないばかりか、思い出したとしても曖昧であるのは、極めて不自然と言わざるを得ないであろう。セント・ジョージの反応から考えて、彼の妻が燃やした原稿が類稀な傑作だったなどというのは、ポール・オーヴァートのメロドラマティックな想像力の産物に過ぎなかったのではないだろうか。夫人が巨匠の原稿を燃やしたこと自体は、恐らく事実であろうが、その内容については、巨匠自身が述べているように、彼の私生活を描いたということ以外は、不明である。筆者の推測するところでは、その小説には、夫人の私生活も描写した部分があり、その部分が公になることを嫌って、彼女は原稿を焼くという行為に出たのではないだろうか。

　失われた原稿＝傑作と言う図式は、これ以降もポール・オーヴァートの意識の中に生き続け、彼のセント・ジョージ夫人に対する見方、ひいては、作家の妻全般に対する見解に、少なからぬ影響を及ぼしていくことになる。この意味からも、この根本的な前提に対する判断が、ほとんど何の根拠もなく行われていることは、観察者としての彼の信頼性を著しく損なうものである

と言わざるをえないであろう。

　さらに、第 2 章において、彼はもう一つの判断を下している。彼はセント・ジョージ夫人と散歩していたのであるが、夫人は急に気分が悪くなってしまい、後からきたマシャム卿（Lord Masham）とともに去ってしまう。そこで彼は、このパーティの主催者である、ウォーターマウス卿夫人（Lady Watermouth）に合流し、事の次第を夫人に話すのであるが、それに対する夫人の反応は、注目に値するのではないだろうか。

> Our friend fell back and joined Lady Watermouth, to whom he presently mentioned that Mrs. St. George had been obliged to renounce the attempt further.
>
> "She oughtn't to have come out at all," her ladyship rather grumpily remarked.
>
> "Is she so very much of an invalid?"
>
> "Very bad indeed." And his hostess added with still greater austerity: "She oughtn't really to come to one!" He wondered what was implied by this, and presently gathered that it was not a reflection on the lady's conduct or her moral nature: it only represented that her strength was not equal to her aspirations. (30)

この場面における、ウォーターマウス卿夫人の口調には、ポール・オーヴァートも気付いているように、単にセント・ジョージ夫人の健康を気遣っているなどとは到底思われない、とげとげしいものが感じられる。その中でも「私の家に来るべきでない。」と言う部分には、特に大きな意味が認められるように思われる。これはあくまで推論ではあるが、ポール・オーヴァートがここで行っているのとは別の解釈が成り立つ余地もあるのではないだろうか。セント・ジョージ夫妻は、彼の目には「文学の物質的報酬と社会的名声の、名誉ある成功の象徴」（"they were an honorable image of success, of the material rewards and the social credit of literature."）（45）と映ってはいる。しかし、貴族であるウォーターマウス夫人にとっては、彼等は所詮、招かざる客に過ぎなかったのではないか。さらに、夫人の悪感情には、セント・ジョージが大っぴらにミス・ファンコートを追いかけていることに対する、またそ

れを黙認しているセント・ジョージ夫人に対する非難の意味が込められていたのかもしれない。Newman は、この場面を取り上げ、セント・ジョージ夫人とマシャム卿との間に、不倫の関係があった可能性を指摘している (44-45)。

またウォーターマウス卿夫人が健康状態を話題にしているにしても、彼がここで判断しているよりも、遥かに重い意味が込められていると考えるべきではないか。セント・ジョージ夫人の健康状態は、この時点においても既にかなり悪化していたのであり、その余り遠くない死さえ、予見可能であったと考えられないだろうか。夫人の健康を蝕む病名が、この時点において、一切示されていないことを考え併せるならば、(彼女の死因は、巨匠からポール・オーヴァートに宛てた手紙の中で、急性の肺炎であったことが明らかにされているが)「自分のところに来るべきでない」というウォーターマウス卿夫人の言葉は、彼女が当時不治の病であった、結核、あるいはそれに類する病気にかかっていた可能性をも、示唆するものではないだろうか。そうであるならば、セント・ジョージとミス・ファンコートとの結婚が突発的なことであった、という巨匠の言い訳は極めて怪しいものとなってくる。もし巨匠が夫人の死をすでに意識して、ミス・ファンコートに近づいていたならば、ポールは最初から彼にとっては、単なる邪魔者に過ぎなかったことになるであろう。

先に指摘したように、ポール・オーヴァートは、社交界には不慣れであるという人物設定がなされていた。このことは、冒頭の場面での彼の心理状態を極めて不安定なものにしていたのみならず、彼を社交界に付き物のゴシップや噂といった類の情報源から、極めて遠い存在にしているとも言えよう。その意味では、ここでのウォーターマウス卿夫人のもたらした情報は、貴重かつ例外的なものである。

その結果、ポール・オーヴァートは、『使者たち』(*The Ambassadors*, 1903)の主人公であるストレザー(Strether)と同様、全てを自分自身の眼で見極め、自分自身で判断することを余儀なくされる。従って読者はこの作品を読み解

くに当たっては、視点的人物としての彼に、これまで考察してきたような様々
な問題があること、別の言い方をするならば、作者ジェイムズが、読者の彼
に対する信頼感を揺るがせるような記述をおり混ぜていることに、留意する
必要があると考えられる。

3. ミス・ファンコートとの関係

この作品の視点的人物である、ポール・オーヴァートのものの見方に、こ
れまで考察してきたような欠陥があるとすれば、彼の目を通して描かれてい
る、ミス・ファンコートと彼との関係に関しても、読者の側で修正を加える
べきであろう。この問題を考えるに当たっては、先に考察した彼の認識上の
欠陥に加えて、さらに次の二点を十分考慮する必要がある。

その一つは、彼は、社交界に対してのみならず、女性との交際に対しても、
全くの初心者であったらしいということである。彼は、ミス・ファンコート
と文学論を戦わせた直後、「砂漠に迷い込むのは、たやすく、しばしば起こ
ることであり、世の常である。しかし、澄んだ水をたたえた井戸にたどり
ついたのは奇跡に近い。」（"One might stray into the desert easily that was on the
card and that was the law of life; but it was too rare an accident to stumble on crystal
well."）（55）と感嘆する、このことは、彼がこれまで芸術一筋に打ち込んで
きたことを示している反面、女性との付き合いがほとんどなかったことも、
示唆していると言えよう。従って、彼の目を通して描かれている、ミス・ファ
ンコートの姿には、女性に不慣れな男がともすれば行いがちな、女性に対す
る美化や、理想化がかなり含まれていると見るべきではないだろうか。それ
ゆえに、彼女の立ち振る舞いに関してポール・オーヴァートが下す解釈も、
その点を考慮して、かなり割り引いて考える必要があると思われる。例え
ば、次の場面である。

Its beauty was enhanced by the glad smile she sent him across surrounding
obstructions, a smile that drew him to her as fast as he could make his way. He

had seen for himself at Summersoft that the last thing her nature contained was an affectation of indifference; yet even with this circumspection he took a fresh satisfaction in her not having pretended to await his arrival with composure. She smiled as radiantly as if she wished to make him hurry, and as soon as he came within earshot she broke out in her voice of joy:...(45-46) （下線は筆者による）

下線を施した部分は、全て彼の願望の反映と考えるべきであり、到底そのまま受け取ることはできない。これらの表現は、むしろ彼が彼女に夢中になるあまり、いかに冷静な判断力を失っているかということへの、顕著な実例となっているとも言えよう。

　さらに、彼の眼にこのような印象を生み出す原因となった、ミス・ファンコートについても、考察しておかねばなるまい。なるほど彼女は、生まれからずっと父親とインドで過ごしてきたため、社交界には不慣れである、という設定に一応はなっている。しかし実際のところは、「ベルトラフィオの作者」（"The Author of Beltrafio," 1884）において語り手が指摘している、「イギリス人の持つ、体面を保つことに対する並み並みならぬ才能」（"their extraordinary talent for keeping up their forms"）（13）を備えもった、ある意味では社交上手な女性であったと見るべきではないだろうか。ポールは、相手をひきつける彼女の戦略に絡め取られてしまい、彼女も自分に対して好感をもっているにちがいないという、言わば自ら作り上げた幻想の世界に酔っているのである。

　もっとも、この点に関しては、彼自身全く気付いていなかったわけではない。既に彼女との出会いの場面において、彼女の巧みな受け答えに対しては、彼女はどう言えば人が最も喜ぶかを、素早く見抜いて物を言う人物であったという印象を受けている。さらに、セント・ジョージとの結婚が決まった後での、自分に対する彼女のような接し方にたいしても、彼は同じような感想を漏らしているのである。

…and he seemed to read that it cost her nothing to speak to him in that tone; It was her old liberal lavish way, with a certain added amplitude that time had brought ;and if this manner began to operate on the spot, at such a juncture in her history, perhaps in the other days too it had meant just as little or as much a mere mechanical charity, with the difference now that was satisfied, ready to give but in want of nothing. (90)

　彼女が、ポールを結婚の相手とは意識していなかったであろうことは、彼女の父親である、ファンコート氏の言動からも伺えるのではないだろうか。二年間の海外生活を終えたポールは、帰国した翌日にファンコート邸を訪問するが、父親もお目当てのミス・ファンコートも外出中であることを知る（この時点では、彼は巨匠と彼女との婚約を知らない）。帰ろうとした彼は、ファンコート氏とばったり出会うのであるが、注目すべきは、その時の氏の反応である。氏は、「いつものように礼儀正しく」（"with his customary good manner"）彼に挨拶したのであったが、「礼儀正しすぎて」（"a manner so good"）（先に引用した、イギリス人の体面を保つことに対する並み並みならぬ巧みさを、伺わせる表現である）「相手のことを思い出したのかどうか分からない」（"that you could never tell whether it meant he placed you."）（85）様子だったのである。

　氏が彼のことをようやく思い出すのは、彼と数語を交わした後のことであり、それも娘の知人としてではなく、あくまで小説家としての記憶が蘇ったに過ぎない。もし、ミス・ファンコートがポールのことを結婚相手の候補として意識していたとするならば、彼女の家族構成が、父と娘の二人だけであること、氏がかなりの娘思いの父親であったとことを伺わせる記述が見られること、などから考えても、氏と娘との間に、彼に関して何らかの意思の疎通があったとするのが妥当であろう。従ってこの場面の氏の反応は、ポールの、巨匠が彼女と結婚できたのは、自分自身が身を引いたからであると言う主張が、彼の単なる思い込みに過ぎないことを指し示す、客観的な手がかりであると考えられないだろうか。

　このように考察するならば、巨匠とポールとの、巨匠の婚約を巡る次の会話にも、新しい意味を見出すことが可能であろう。

"…It has turned out differently from anything one could have dreamed, and I'm fortunate beyond all measure. She has been so free, and yet she consents. Better than anyone else perhaps ― for I remember how you liked her before you went away, and how she liked you–you can intelligently congratulate me."

"She has been so free!" Those words made a great impression on Paul Overt, and he almost writhed under that irony in them as to which it so little mattered whether it was designed or casual. Of course she had been, and appreciably perhaps by his own act; for wasn't the Master's allusion to her having liked him a part of irony too? (93)

セント・ジョージは、以前からポールがミス・ファンコートに想いを寄せていたことを十分に承知した上で、彼の気持ちを傷つけないために（これもマナーの一つであろう）このような発言をしたのではないだろうか。ところがポールの方は、巨匠の言葉に込められたいたわりの意味を読み取ることができず、言葉通りにまともに受け取り、特に「彼女は自由だった。」というくだりに対して猛然と反発している。そのような彼の怒りは、彼女が自由であったのは、自分が身を引いたからであるという、勝手な幻想の上になりたつ、不条理なものに過ぎないのではないだろうか。彼は巨匠のこれらの言葉が、アイロニーではないかとの感想を漏らしている。本論で考察して、ミス・ファンコートとポールとの結婚の可能性は、当初よりなかった、という考え方に照らし合わせるならば、事実とは反対のことを述べているという点において、巨匠の言葉はまさにアイロニーではあるが、たとえ自ら作り上げた幻想の恋であっても、一途な恋に破れた若者に対する、年長者らしい、いたわりの気持ちの込められたものであると理解するべきであろう。

　ポールはそのような巨匠の心遣いに思い及ぶことなく、この部分の後の巨匠の発言を嘲笑と受け取り、怒りに身を震わせて彼のもとを去っていく。こうした彼の姿は、まさに被害者意識の固まりというべきものである。彼のこのような意識の根底には、先に指摘した幻想の恋（もちろん彼自身にとっては、確かに実在したものであろうが）を、打ち砕かれた悔しさとともに、現在の時点では芸術家としての彼の力量は巨匠を遥かに凌いでおり、それゆえ

に自分のほうが、結婚相手としてはふさわしいはずだという、一種の奢りが
あることを見逃すことはできない。

　彼の主張をそのまま受け入れて、彼が芸術家としては巨匠より優れていた
としても、そのことと結婚の問題を直接的に結び付けるのは、いささか短絡
的に過ぎると言わざるを得ない。ここで先に考察したように、彼の想像力が
軍人、芸術家といった外観から、直接かつ単純に実相を掴もうとする傾向が
あったことを、思い起こす必要があろう。果たして結婚の決定は、芸術家と
して優れている、というような一面的な要素によってなされるものであろう
か。そこには捕らえがたい、ある意味では不条理な、男女の感情が必然的に
絡んでくることは、否定できないであろう。そして勿論その中には、性的な
要素も、当然の事ながらかかわってくるのである。この場面でのポールはそ
のような感情的なものの存在を、全く認識していないと言わざるを得ず、そ
のような人物が将来、芸術家として大成しうるのか、筆者は疑念を抱かざる
を得ない。

　この作品は、次のようなオーソリアル・ナレーターの言葉によって、締め
くくられる。

> The former (Mr. St. George) still has published nothing but Paul doesn't ever yet feel
> safe. I may say for him however, that if this event were to occur he would really be
> the very first to appreciate it: which is perhaps proof that the Master was essentially
> right and that Nature had dedicated him to intellectual, not to personal passion. (96)
>
> 　　　　　　　　　　　　　　　　　　　　　　　　（　　）は筆者による。

この部分を、多くの研究者達は、ポールは女性を追いかけるよりも、芸術に
全てを捧げるように運命付けられていたと解釈し、彼に対する語り手の同情
や共感を読み取っている。しかし、本論で考察したように、彼女が最後の場
面において、男女を結びつける感情的な要素を全く解していないことを考え
併せるならば（personal passion とは、まさにそのようなものを連想させる表
現ではないだろうか）、彼が一連の出来事の後に到達した心境が、決して肯

定すべきでないことを暗示しているという読みが、可能ではないだろうか。

4. 結論

　以上、本章では「巨匠の教訓」の視点的人物であるポール・オーヴァート
に焦点を絞り、オーソリアル・ナレーターによる語り、及び他の人物の言動
に着目し、彼のものの見方にいくつかの欠陥があることを指摘した。さらに、
そのことを踏まえて、ミス・ファンコートと彼との結婚の可能性が、彼の問
題点の多い想像力が生み出した、幻想に過ぎないことを論じてみた。

　この作品は、芸術家はいかに生きるべきか、という真剣な問題を含んでい
るがゆえに、これまではどちらかといえば、深刻な作品として扱われてきた
きらいがある。しかし、視点的人物を子細に検討するならば、ジェイムズの
他の作品、例えば『ねじのひねり』（*The Turn of Screw*, 1898）や『聖なる泉』
（*The Sacred Fount*, 1901）に共通する、遊びの要素[6]がかなり濃厚に伺われる
と言えよう。そしてその遊びの要素が、男と女を結び付ける、ある意味では
知性の限界を越えた、情熱の存在を解しない男が視点となることによって生
じている、という点に着目するならば、この短編を『聖なる泉』や『使者た
ち』の、先駆的な作品であることと見做すことも可能ではないだろうか。

　しかしポールが、ジェイムズの作品に多く登場する、他のエゴイスティッ
クな視点的人物、例えば『聖なる泉』の語り手や、「密林の獣」（"The Beast
in the Jungle" 1903）の John Marcher とは、根本的に異なっている点もある。
彼は、それがいかに幻想の恋であっても、ミス・ファンコートに対する激し
い想いに、確かに身を焦がしたのであり、彼のものの見方には、重大な欠陥
が含まれていたにせよ、彼女に寄せる想いは、真剣なものであったことは、
認めざるを得ない。従って、この作品を喜劇と呼ぶのは、一面的な解釈にす
ぎないであろう。

　彼は、自分自身が personal passion に取りつかれ、それに激しく揺さぶられ
たにもかかわらず、結局のところは、自分ではどうすることもできないもの

の力（すなわちセント・ジョージとミス・ファンコートの personal passion）
によって幻想を破壊され、自らの intellectual passion に閉じこもらざるを得
なかったのである。その意味でこの作品は、personal passion によって、心地
よい幻想を打ち砕かれた若者の、悲喜劇を描いたものであると考えるのが妥
当であろう。

第3章 『デイジー・ミラー』試論

1. はじめに

　Daisy Miller: A Study（1878）はジェイムズの作品としては、例外的と言ってよいほど、曖昧さに乏しい作品であると言えるのではないだろうか。ヒロインの Daisy Miller は、作者自身が『ニューヨーク版』の序文において、「哀れな女主人公のそのものずばりの存在にみられる一種の単調」「単調さこそ彼女の物語の全てである」「乏しいだけでなく表面的には、どうしても俗っぽく見える対象」[1]といった言い回しで明らかにしているように、曖昧性を生み出すには、いささか平板すぎる人物であると考えられる。彼女は、Matthiessen が、『鳩の翼』（*The Wings of the Dove*, 1902）の Kate Croy を評して述べているような、「善と悪の入り混じった、ジェイムズの成熟した洞察を見事に示した」（57）女性からは程遠い人物と言わざるを得ないであろう[2]。Fiedler は「彼女はグッド・バッドガールに過ぎない」と述べ、デイジー・ミラーと三文小説の女主人公達との類似性を指摘しているが（312）、これは彼女がもっぱら単調であることに、起因すると言えるのではないだろうか。

　彼女の真実の姿はいかなるものなのか、といった問題は、この作品の語りの焦点[4]となっている。Winterbourne にとっては謎であり続けるかもしれないが、実際の読者が彼女から、性的な奔放さや道徳的な堕落といった要素を見いだすことは、極めて困難であると言わねばならないだろう。彼女がグッド・バッドガールに過ぎないことは、読者にとっては重大な謎ではあり得ないのであり、その点においてこの作品は、読者とウィンターボーンとの関係に着目するならば、一種のドラマティック・アイロニーと考えることも可能ではないだろうか。即ち、ウィンターボーンの独り相撲を、読者が一段高い位置から眺めるという図式である。この作品が、デイジー・ミラーのローマ

におけるアメリカ人社会からの疎外、そしてその死といった悲劇的な要素を備えているにもかかわらず、喜劇としての性格も持ち併せている一因は、この辺にあるのかもしれない。

　しかし、人物としてのデイジー・ミラーが単調であるからといって、文学作品としての『デイジー・ミラー』もまた単調であるわけではないであろう。この問題を芸術作品の素材と、それを基にして創作された作品自体との関係という、小説を創作する上での、根本的な問題と関連づけて考察することも可能ではないだろうか。

　ジェイムズの関心は、素材そのものよりも、むしろその取扱いにあったようである。そのことは、序文の「十分にやさしくねんごろに扱えば、恥じらうようにして、見かけによらない魅力が引き出されるかもしれない」[5]という部分からも窺い知ることができよう。ジェイムズは敢えて、一見して人物としての陰影に乏しい素材を取り上げながら、その扱い方、即ち、作家としての己の技量によって、読者の観賞に十分耐えうるような作品世界を作り上げられることを、実証して見せようとしたのではないだろうか。素材と芸術作品との関係をジェイムズは中期の短編「ほんもの」('The Real Thing", 1892）において本格的に取り扱うことになる。単調であることが明らかなデイジー・ミラーのような素材を選択した背景には、既にその素材そのものと完成された芸術作品との関係に対する、明確な問題意識が存在していたのではないだろうか。

　作品の素材としては陰影に乏しいと言わざるをえないデイジー・ミラーを、その取扱いによって、思いがけない魅力を引き出すにあたって重要な役割を担うのは、何と言ってもこの作品の焦点であるウィンターボーンであると言えよう。他のジェイムズの作品と同様、『デイジー・ミラー』における焦点は、厳密にはウィンターボーンに統一されているわけではない。彼の過去（特に女性関係）や、思考の傾向は、語り手が、“I”という代名詞を用いて読者に直接話しかけることにより、明らかにされる。

　にもかかわらず、デイジー・ミラーの扱いの大半が、彼女に対するウィン

ターボーンの意識にあることは否定できないと思われる。ジェイムズは『デイジー・ミラー』の6年後に書かれた「小説の技法」（"The Art of Fiction", 1884）の中で「小説とは、最も広く定義するならば、個人的で直接の人生に対する印象である。」（"A novel is in its broadest definition a personal, a direct impression of life."）と述べている（170）。『デイジー・ミラー』のほとんどの部分が、デイジー・ミラーに対するウィンターボーンの「個人的で直接の」印象によって構成されていることを考え併せるならば、ウィンターボーンの受けるデイジーの印象は、まさに小説そのものにほかならないと言えよう。本論では、デイジー・ミラーとウィンターボーンとの関係を、文学テクストと、それを読み解く読者のパラブルであると言う観点から、この作品を考察してみたい。

2. デイジー・ミラーのテクスト性

　ウィンターボーンとデイジー・ミラーとの関係は、二人の出会いから小説の結末部分に至るまで、前者が後者の印象を、いかにして言葉に定着させようとするかの軌跡であると見ることが可能ではないだろうか。ウィンターボーンは当初彼女を "American girl" "coquette"（147）"a pretty American flirt"（151）といった言葉に置き換えることによって、理解・把握しようとする。彼は、自らの理性によっても、直感によっても把握することができない（"Winterbourne had lost his instinct in this matter, and his reason could not help him."）（151）デイジー・ミラーを、言葉で表現することによって、理解可能な存在へと置き換えようと懸命に努力する。

　しかし、Eagleton が「肉体はディスコースのなかに完全な形でしめされることなど有得ない」（97）と指摘するように、言葉、即ち記号の特質の一部が、指示対象を現前化するのではなく、不在にすることを考え併せるならば、ウィンターボーンが言葉によってデイジー・ミラーを理解不能な存在にする、即ち現前化しようと悪戦苦闘することは、果てしのない不在性を自

ら作り出すという、アイロニカルな結果を生みだしていると言えよう。

　デイジー・ミラーを記号化し、その結果、不在化してしまうのはウィンターボーンのみではない。いや、むしろウィンターボーンは記号が対象を不在化することを意識しているからこそ、デイジー・ミラーを形容する言葉を、悪戦苦闘しながら模索しているとも考えられる。

　そのような彼に対して、彼の叔母であるコステロ夫人（Mrs. Costello）は、言葉が対象を不在化する事実など、全く顧慮しない人物であると言わざるを得ない。ジェイムズは、彼女が指示対象とのつながりが希薄な、言葉の世界の住人であることを、注意深く描写している。

　彼女は頭痛持ちであり、一日中ホテルの自室に籠もりきりで、現実の世界との接触をほとんど断っているありさまである。また、その道徳観は、ニューヨークの孫の素行に関する言及に示されているように、既に時間的・空間的に隔たった（それ故に言語化された）過去のアメリカのものであり、現在の、それ故に固定されていない、生の道徳観とは程遠いものである。

　彼女のデイジー・ミラーに対する評価も、そのほとんどが、自らの観察によって得た印象によるものではなく、彼女に関する二次的な噂に基づいている。夫人が彼女に対して抱くイメージが、個人としてのデイジーのそれではなく、むしろ、言うなれば成り上がり者の、教養のないアメリカの新興階級に対して、夫人が既に作り上げていたイメージの延長に過ぎない点も注目に値するであろう。夫人がデイジー・ミラーの姿を初めて実際に見るのは、小説の舞台がローマに移った後のことであり、その場面においても、デイジー・ミラーの名前すらすぐには思い出せないありさまである。

　Sharp は、コステロ夫人を、主にウィンターボーンのコンフィダントという観点から分析し、いくつかの興味深い指摘を行っている（9-14）。コステロ夫人の、甥が抱えている問題に対する関心は、自分の利益とは無関係なものではあるが、『アメリカ人』（The American, 1877）のトリストラム夫人（Mrs. Tristram）の、好奇心に誘発された、開かれた興味とは全く異なる、傲慢さと階級意識に基づいたものであること、夫人が議論の力を利用して、

ウィンターボーンの気持ちをぐらつかせていること、さらに、彼女が道徳性という仮面によって、シニシズムを隠した女性の最も優れた肖像の一つである、という指摘である。

これらの指摘は、いずれも指示対象を現前化するよりも、むしろ不在化してしまう言語の特性と深い係わり合いがあると考えられるのではないだろうか。一言で言うならば、コステロ夫人にとっての現実とは、言語によって堅固に固定化され、分節化された世界に他ならないのである。それゆえ、彼女にとって現実とは新たに立ち現われるもの、あるいは、刻一刻と変化するものとしてではなく、既に言語化され、固定化されたものとしてのみ認識されることになる。彼女の抱く興味がトリストラム夫人の抱く「開かれた」興味と決定的に異なるのも、そのような現実の認識方法によっているからであろう。

シャープはコステロ夫人の頑固さ、独善性を繰り返し強調するが、このことはコステロ夫人の生きる言語化された世界が、いかに強固で、それ自体完結されたものであるかということを、示していると考えられよう。夫人が議論を好むのも、生の現実と向かい合うのではなく、既に言語化され固定化された現実に対話の相手を誘い込む、一種の戦略と読むことも可能ではないだろうか。

その意味において、コステロ夫人は、後期の作品『使者たち』(*The Ambassadors*, 1903) のコンフィダントである Maria Gostrey と、対照的な位置にあるとも考えられる。言語と現実に対する両者の認識の差異は、次の部分を比較することによって、明らかになるであろう。

"And where is the mother?"

"I haven't the least idea. They are very dreadful people."

Winterbourne mediated a moment. "They are very ignorant very innocent only.

"Depend upon it they are not bad."

"They are hopelessly vulgar" she said

Mrs. Costello. "Whether or not being hopelessly vulgar is being 'bad' is a question for the metaphysicians. They are bad enough to dislike, at any rate, and for this short life that is quite enough." (172)

ウィンターボーンは小説の冒頭とは異なり、コステロ夫人の固定化された言説に異議を唱えるのみならず、コステロ夫人の言葉が指示対象を不在化しているという事実を、「あの人達は、ただとても無知な、とても無垢なだけなのです。そのように考えるならば、悪い人達ではないことになります」。という、指示対象不在の論理を展開することによって、逆に浮き彫りにしているのではないだろうか。

　一方、『使者たち』では、主人公 Lambert Strether とコンフィダントのマライア・ゴストリーとの間で次の様なやりとりが交わされる。

> Miss Gostrey's imagination had taken its own flight. 'Perhaps she's not a widow.'
> Strether seemed to accept the possibility with reserve. Still he accepted it.
> Then that's why attachment if it's to her —is virtuous.'
> But she looked as if she scarce followed. 'Why is it virtuous if —since she's free— there's nothing to impose on it any condition?' (9)

ストレザーは、チャドをパリに引き留める原因となっていると思われる女性について思案を巡らせているわけであるが、彼の推論は、現実を見た上で行われているわけではなく、指示対象不在の言葉による、言わば空疎な言葉遊びとでも言うべきである。

　そのようなストレザーに対し、ヨーロッパのよろず案内人であるゴストリーは「あらゆることがありうるのです。私達は見なければなりません。("Everything's possible. We must see.")（134）と、言葉によって構築された、指示対象不在の世界に対する不信感をあらわにし、言葉によって切り取られた現実ではなく、「見る」ことによって、ありのままの現実と向き合うことを主張する。

　コステロ夫人の言語によって強固に構築された世界観は、すでに完結し

ていて、修正不可能なものではないだろうか。Iser は、読者には、あらゆる形の社会的相互作用にみられる、対面状況（face-to-face situation）が欠如していることを指摘している（285）。相手の意見に全く耳を傾けようとせず、自らの構築した世界観に固執する夫人の態度は、まさに対面状況の欠如を示すものではないだろうか。

　コステロ夫人が言葉によって、生の現実を隠蔽しようとするという点において、テクストを構築する（即ち作者的な）コンフィダントであるとするならば、ゴストリーのストレザーによって書かれたテクストの不確定な部分を埋めていこうとする作業は、テクストの受容者（即ち読者）の作業に類似したものであるとも言えるであろう。

　コステロ夫人の作り上げたテクストは、それを作り上げた作者本人にとっては、一義的で明確なものであるかもしれない。しかし、イーザーが指摘するように、テクストとは、作者の外的アプローチから読者の経験に至る全過程であると考えるならば[10]、テクストの一義性は書き手の思い込みにすぎないことになるであろう。先に引用したデイジー・ミラーに関する二人のやりとりは、テクストが読者にとって受容され、読者の経験となるまでのプロセスを示すものとも考えられよう。ウィンターボーンが行っているのは、テクストの空白部を自らの想像力と経験によって埋めていく、読者の作業であると言える。

　もちろんこの部分は、夫人とウィンターボーンとの会話の場面であり、いかに夫人が傲慢であるとはいえ、対人的相互作用の要素、即ち、空白部分に対する問い質しと、それに対する返答も見られることは事実である。しかし、それは対人的相互作用にみられる、コミュニケーションを行う当事者同士の歩み寄りを、著しく欠いたものであると言わなければならない。

　このテクスト性という点においては、デイジー・ミラーも、奇妙なことに、コステロ夫人と共通する要素を持っているようにおもわれる。彼女はコステロ夫人を話題にして、次のようにウィンターボーンに語る。

"I want to know her ever so much. I know just your aunt would be; I know I should like her. She would be very exclusive. I like a lady to be exclusive; I'm dying to be exclusive myself. Well, we are exclusive, mother and I. We don't speak to every one—or they don't speak to us, I suppose it's about the same thing. Anyway, I shall be ever so glad to know your aunt." (159)

初対面のウィンターボーンに対して、「まるで長い知り合いでもあるかのように」(149) 自分の家族に対する話題を喋り続けた彼女が、自らを "exclusive" と形容しているのは、一見、非常に滑稽な印象を受ける。しかし、ローマにおいて、ウォーカー夫人 (Mrs. Walker) やウィンターボーンの忠告に全く耳を傾けようとはせず、自らが正しいと信ずる通りに行動するデイジーは、まさしく "exclusive" という形容詞の当てはまる人物と言えるのではないだろうか。自らの固定化した世界観をかたくなに守り通す彼女は、コステロ夫人同様、テクストの書き手的な性格が濃いと言えるであろう。

　そのように考えるならば、『デイジー・ミラー』という作品は、コステロ夫人とデイジー・ミラーのそれぞれが構築したテクストを、読者であるウィンターボーンが受容し、体験化していくプロセスを描いたものと見做すことが可能であろう[11]。

　もちろん二つのテクストを同列に論ずることは適切ではない。ウィンターボーンのデイジーに対する強い関心は、彼女のテクストの空白部を、ウィンターボーンが埋めていく際に、多大な影響力を及ぼすのである。

3.　ノヴェルのテクスト、ロマンスのテクスト

　コステロ夫人がデイジー・ミラーを素材に構築するテクストは、Chase の言うノヴェルの要素を多分に備えていると考えられる (12-13)。彼女は、デイジー・ミラーを常に周囲の環境や、所属する階級といった社会的な面から捉えようとする。また彼女のデイジー・ミラーを取り巻く男性たちに対する

分析は、彼らがデイジー・ミラーに近付く動機に注目しているという点で、物事の因果関係を重視する、ノヴェル的な物の見方といえるのではないだろうか。

さらに、先に引用したデイジー・ミラーが粗野であるという議論で彼女が明らかにしている価値判断の基準は、ロマンスに見られるような普遍妥当な道徳的真理とは程遠いものであると言えよう。彼女にとってそのようなものは、形而上学者の扱うべき問題なのであり、具体的で身近な真理こそが、物事の価値判断の基準となっているのである。

一方、デイジー・ミラーは、ノヴェルとは対極的なロマンスの要素に満ちているように思われる。チェイスは『ある婦人の肖像』（*The Portrait of a Lady*, 1881）の主人公 Isabel Archer について、「イザベルは物事をロマンス作家のように見ようとする」という指摘をしているが（119）、デイジー・ミラーの場合、物の見方のみならず、その存在自体がロマンス的である。とさえ言えるであろう。ウィンターボーン自身「ロマンス作家が奔放な熱情と名付ける感情のひとつに駆られた女」と彼女を表現しているのである（182）。

デイジー・ミラーの備えている特徴は、チェイスのあげるロマンスの特徴に驚くほど合致している。彼は、ロマンスは人物よりも事件を重視し、しかも事件は現実の抵抗を受けることが少なく、自由奔放であることを指摘する（13）。他人の視線や道徳規準をほとんど意に介さない彼女の言動は、まさに現実の抵抗が少ないことを意味しているのであろう。

またチェイスは、ロマンスの人物の社会・過去に対する関係は、複雑なものではないと指摘する（13）。これはまさにデイジーそのものの描写と言えよう。さらにロマンスの特徴として、作中人物が背景に対する感覚をもっていないことがあげられている。彼女のヨーロッパに対する感想（"I have never seen so many—it's nothing but hotels."）（150）や、シヨン城での、遺跡に対する無関心さ（"But he saw that she cared very little for feudal antiquities, and that the dusky traditions of Chillon made but a slight impression upon her."）（168-169）は彼女の背景に対する感覚の欠如を、如実に示すものではないだ

ろうか。

『デイジー・ミラー』の構成は、大ざっぱに言って、デイジーをウィンターボーンが直接観察する場面（即ちテクストとしてのデイジーを、読者としてのウィンターボーンが直接「読む」場面）と、デイジーを話題にコステロ夫人と会話し、夫人の構築したデイジー像を検討する場面、（コステロ夫人がデイジーを素材に作り上げたテクストを「読む」場面）の繰り返しになっているとも考えられる。

交互に現れる部分においてウィンターボーンは、デイジーをロマンス的な読み方をするのか（即ちデイジー自身のテクスト）、それともノヴェル的な読み方をするのか（コステロ夫人のテクスト）、それぞれのテクストを、読み比べていくという見方ができるのではないだろうか。

ロマンスとノヴェルの二種類のテクストを読み比べているのは、ウィンターボーンのみではない。この作品のもう一人のコンフィダントであるウォーカー夫人もまた、テクストの読み手的な色彩の濃い人物である。夫人はパーティーの場面において「この場面において、言うなれば、テクストとして役立てるために、いろいろな人間の見本を集めていた」("and she had on this occasion collected several specimens of her diversely –born fellow –mortals to serve, as it were, as text-books.")（188）のである。

彼女もまた、デイジーを「読む」ことを試みる。彼女の価値判断の基準は、おおむね、コステロ夫人と同様、身近な真理（即ちヨーロッパ社会の風習）に基づくものであると考えられる。しかしその「読み」は、少なくともパーティーの場面以前においては、コステロ夫人ほど固定的ではない。彼女はノヴェル的な物の見方のみならず、ロマンス的な価値観をも持ち合わせた人物と言えるであろう。そのことは、次の場面からも窺がわれる。

"That was not clever of you," he said candidly, while the vehicle mingled again with the throng of carriages.

"In such a case," his companion answered, "I don't wish to be clever; I wish to be earnest!" (185)

「賢くある」（"to be clever"）という表現は、正誤の判断、即ちその行動が、その場所での社会通念に合致しているかどうかという、ノヴェル的な価値判断の要素が強いのに対して、「誠実である」（"to be earnest"）という表現は、善か悪かというロマンス的な、普遍の価値判断に基づくものであると言えるのではないだろうか。

だがロマンス的な価値観を全く理解しないわけではない夫人にしても、ノヴェル的な価値観を無視するのみならず、それに挑戦しようとさえするデイジーは、もはや容認しがたい存在となる。その結果、パーティーの場面以降はノヴェル的価値観によって、彼女を断罪するに至るのである。

結局、ウィンターボーン一人が、コロセウムの場面に至るまで、彼女をノヴェル的な価値観のみに基づいて「読む」ことに疑念を持ち続けることになる。彼はすでにデイジーとの出会いの場面で、彼女がジェイムズの分類によるロマンティックな存在[16]、即ち、我々が絶対に直接には知り得ないものであることを、見抜いていると思われる。

彼にとって、デイジーはまさに、世のあらゆる手段によっても、直接的には知り得ない、ロマンティックな存在であったと言えよう。彼は、コステロ夫人やウォーカー夫人の示す、ノヴェル的な「読み」の存在を意識しながらも、デイジーにそのような読み方では理解できない要素があることを、主張し続けるのである。

彼のデイジーを理解しようという努力は、ジェイムズの言う、リアルなものとアイディアルなものとをつなごうとする行為である、と言い換えることが可能ではないだろうか。その意味において、彼のデイジーを「読む」という行為は、まさに人生の回路そのものであると考えられよう。そして、その人生の回路こそが、ジェイムズが小説が生まれる前提条件と考えたものであった。

ウィンターボーンがデイジーの、あるいはコステロ夫人のテクストを「読む」という行為はまた、彼自身のテクストを構築する行為であると言えよう[17]。そのように考えるならば、ウィンターボーンのデイジーを「読もう」

とする行為は、リアルなものとアイディアルなものを「人生の回路」によって結び付けようとする、小説家の創作活動に相応するものとも、考えられるのではないだろうか。

4. 結論—ノヴェルとロマンスの相克

ノヴェルとロマンスの、いずれの価値判断にもとらわれてしまうことなく、デイジー・ミラーというテクストを「読もう」、あるいは「書こう」と努力を続けるウィンターボーンではあるが、コロセウムでの場面を契機に、彼の価値観はノヴェルのそれに固定されてしまうことになる。

ノヴェル的な価値観への志向は、この場面で急に起こったわけではない。ピンチオ公園の場面で、一つの日傘に隠れたデイジーとジョヴァネーリの姿を目にし、彼は日傘の二人の方ではなく、コステロ夫人の家の方に歩き出す（即ち、ノヴェル的な読み方に逃避する）という、象徴的な行動をとっている。

さらにウィンターボーンには、イーザーが「じゅうたんの下絵」（"The Figure in the Carpet", 1896）の一人称の語り手に関して指摘する特性、即ち、作品の隠された意味を発見することが、その作品を解釈することである（4）、と考える傾向が見受けられる。彼がデイジーを「読み」続けたのは、彼女が謎であったからであり、常に彼の予想を裏切り続ける存在であったからである。

しかし、彼女の存在は彼にとって徐々に謎では有り得なくなってゆく。

> Winterbourne noted, at first with surprise, that Daisy on these occasions was never embarrassed or annoyed by his own entrance; but he very presently began to feel that she had no more surprises for him; the unexpected in her behavior was the only thing to expect. (193)

このことは、テクストとしてのデイジー・ミラー が、テクストとして消費

し尽くされるのが近いことを暗示するものではないだろうか。

　また、読み手としてのウィンターボーンの側に、早く彼女の隠された意味を発見してしまいたいという、焦りの気持ちがあったことも事実であろう。

> As I have already had occasion to relate, he was angry at finding himself reduced to chopping logic about this young lady; he was vexed at his want of instinctive certitude as to how far her eccentricities were generic, national, and how far they were personal. (198)

このようなウィンターボーンにとって、コロセウムの場面は彼女の謎を解く、言い換えれば、テクストとしての彼女を消費し尽くすための、絶好の機会であった。デイジーとジョヴァネーリの姿に気付いたウィンターボーンは、まさに「謎が読めた」と考えるのである。("It was as if a sudden illumination had been flashed upon the ambiguity of Daisy's behavior and the riddle had become easy to read.")（202）。この瞬間、彼は「注意深く批評する」("cautious criticism")（202）ことから解放される。謎を解いてしまった彼に残されているのは、イーザーが「じゅうたんの下絵」の批評家について指摘するように、ただ自分の成果を喜ぶことのみである（4）。

　彼は「もはや紳士が敬意を払うに値しない」("She was a young lady whom a gentleman need no longer be at pains to respect.")（202）という理由で、彼女に対するロマンス的な「読み」を完全に放棄してしまう。しかし、なおノヴェル的な価値観（即ち、ある行為がその場所での社会通念に、合致しているかどうかによる価値判断）から、この場所に留まることの危険性を指摘する。自己の置かれた背景に関する感覚を欠いていることへの避難は、デイジーのみならず、ジョヴァネーリにも向けられている。

> "...I wonder," he added, turning to Giovanelli, "that you, a native Roman, should countenance such a terrible indiscretion." (202)

背景に対する感覚の欠如が、ロマンスの登場人物の特徴であることを考え併

せれば、ウィンターボーンの発言は、ノヴェル的な価値基準による、ロマンスに対する断罪であるとも考えられよう。

　このようなウィンターボーンのノヴェル的な「読み」によって、作品として解釈され、消費し尽くされた（彼女の死は、その象徴的な表現であると取ることも可能ではないだろうか）かのように思われたデイジーは、皮肉にも自らの死によって、新たなる「読み」の可能性を生み出すことになる。

　ウィンターボーンのデイジーに対する「読み」は、ジョヴァネーリの「この上なく純粋無垢な人でした」（"And she was most innocent."）（205）という言葉によって、ロマンスの方に大きく振れることになる。デイジーは自らの死によって、ロマンス的な想像力に強く訴えかける抽象化された理想的な価値観[20]、即ち「このうえなく純粋無垢であること」を得たのである。

　コステロ夫人との最後の会話の部分では、これまでの夫人＝書き手、ウィンターボーン＝読み手、という関係の逆転が生じているのは、注目に値する。ここでウィンターボーンがロマンス的なデイジーのテクストを示したならば、彼の意識の中でのノヴェルとロマンスの相克は、ロマンスの勝利によって決着がついたことになるであろう。ところがウィンターボーンは、確かにロマンス的な見解への傾斜を匂わせながらも、見方によっては、決定的な解釈を回避しているともとれる発言で会話を締めくくっている（"You were right in that remark that you made last summer. I was booked to make a mistake. I have lived too long in foreign parts."）（206）

　さらにこの作品は、Fogel の指摘するように、語り手の素っ気無い、アイロニックな報告によって締めくくられている（86）。そしてその報告が、相反するものとなっていることは、興味深いことである。この部分が、ウィンターボーンの意識を焦点としない語り手によって語られていることにも意味があるといえよう。

　この報告を Tintner は、ウィンターボーンがデイジーに対して行った扱いを、彼自身が受けていることの重要性を、読者に示すものであると述べてい

る（68）。このことは、本論で述べてきた、テクストと読み手という観点から考えれば、常にテクストの読み手として振舞ってきたウィンターボーン自身が、他の人物たちによって読まれるテクストであることを示すものとも言えよう。

　このことを、ウィンターボーンが、語り手によって、読み手（あるいは書き手）の地位から退けられた、と考えることも可能ではないだろうか。語り手の相反する方向は、この小説の冒頭と同様、現在時制で行われている。読者から見たウィンターボーンは、言わば永遠に宙づりの状態に置かれているのである。

　ウィンターボーンの最後の言葉が、彼が作り上げたデイジー・ミラーというテクストがノヴェルであるのか、それともロマンスであるのかを決定することに対する回避ならば、このことは『デイジー・ミラー』という作品全体を、読者がノヴェルあるいはロマンスと解釈することへの、語り手による回避と読むことも可能ではないだろうか。ジェイムズは結びの部分の二重の仕掛けによって、この作品をノヴェルでもロマンスでもない、両者の相克状態を保ったまま締めくくろうとしたのではないだろうか。

第4章 『デイジー・ミラー』と「ジュリア・ブライド」を比較する

1. はじめに

　Daisy Miller; A Study と "Julia Bride" は、執筆された時期が大いに異なり（前者は 1878 年、後者は 1908 年）、レイアウト上の問題から、ニューヨーク版では別の巻に収められてはいるものの（前者は第 18 巻、後者は第 17 巻）、ともに生まれつき自由な、アメリカ人女性の生き方を主題にした作品である。ジェイムズはニューヨーク版の序文で、後者が前者の姉妹編となるべく執筆されたことを明らかにし、「このように下り坂の時期にさしかかりながらも」（18.xii）と、晩年の創作力の衰えをやや自嘲的な口調で語りつつも、この作品が長年の創作活動の円熟した成果であることを、「知性の歴史の進行は、ただ待つこと、そんなにも独りよがりの思索に耽る時間によって占められている、と現在の私は思うのである」（18.xiii）と述べ、かなりの自信作であることをほのめかしている。

　にもかかわらず、作品に対する注目度において、両者の隔たりはあまりにも大きいと言わざるをえない。ジェイムズの序文の言葉を借りるならば、『デイジー・ミラー』は彼の作品の中でも、「特に成功を見た作品」「一番うまくいった作品」（18.vi）であるのに対し、「ジュリア・ブライドに対して寄せられてきた関心は、はるかに少ないものである。Wagenknecht は、「ジュリア・ブライド」について、「あらゆるジェイムズの短編小説のなかでも、驚くほどないがしろにされてきた作品の一つ」（150）であると指摘する。

　ジェイムズはまた序文において、ヒロインのジュリア・ブライドについて、「哀れにも今ではかすかな古めかしい存在でしかないデイジー・ミラーにない調子」（17.xxvi）という表現を用い、デイジーとの相違点を強調している。しかし、具体的に二人の違いがどこにあるのか、という問題に言及はしておらず、二つの作品をなぜ姉妹編と呼ぶことか可能であるのか、二つの作品の

ヒロインはどういった点で異なっているのか、という問いに対する解答は、読者の解釈に委ねられていると言えよう。

　本章は、二人の主人公を男性作家の描いてきた女性像と関連付け、彼女たちをとりまく父権制について考察することにより、二つの作品、および二人のヒロインの、共通点と相違点を明らかにしようと試みるものである。

2.　テクストに閉じ込められたデイジー

　デイジー・ミラーは、もっぱら語りの焦点である Winterbourne という男性の目を通して分析され、解釈された上で、読者の前に提示されていることは、単に作品構造の問題以上のものがあると考えられる。フェミニズム的な解釈によるならば、彼女は自らの肉声を奪われ、ウィンターボーンという男性によって作り上げられた、イメージの段階に終始留められているとみなすことも可能であろう。

　テクストに閉じ込められたデイジーに付与されるイメージは、ウィンターボーン個人の想像力によって作り出されたものであるというより、男性作家か作品の中の女性の登場人物に対して用いてきた、伝統的なイメージを色濃く反映したものである。ローマに到着したばかりのウィンターボーンは、まだ見ぬデイジーに、メロドラマのヒロインを彷彿とさせるようなイメージ、すなわち「古いローマ風の窓から外を眺めながら、ウィンターボーンさんはいついらっしゃるのかしら、と熱心に自問している、この上なく美しい少女のイメージ」（18.46）を重ね合わせようとする。

　しかし、生身のデイジーはウィンターボーンのつくりあげた幻想の領域に収まるはずもなく、彼は新たな解釈を行なう必要性に迫られる。ところが白昼堂々と、ピンチオ公園でイタリア男と語らうデイジーに与えられるイメージは、やはり男性作家によって女性の登場人物に付与されてきたイメージ、すなわち、「ロマンス作家に『抑えがたい激情』として知られる、感情の一つに取りつかれた女」（18.59）なのである。

　ウィンターボーンが生身の女性としてのデイジーを解釈しあぐねたさい
に、男性作家が伝統的に用いてきた女性のイメージに頼ろうとすることは、
彼の女性全般に対する考え方とも関連しているのではないだろうか。すな
わち、彼は「今までに興味を持った女性に関するかぎり」、自分が彼女ら
を「恐ろしく思う」ことが分かっていたのである（18.75）。彼がそのような
考えを抱くのは、彼女らが、彼にとっては理解しがたい他者であるために、
常に彼の解釈をすり抜けてしまうことへの不安があるからではないだろ
うか。

　しかし、彼はそのすぐ後の部分で、デイジーに関しては、恐ろしくなるこ
となどないであろう、と言い添えている。彼にとって、彼女は既知の女性に
関するイメージ（すなわち、男性作家のテクストの中の女性のイメージ）に、
いわば閉じ込めやすい存在であったのである。彼女に対して彼が恐れの気持
ちを持たないであろう、と予測したのは、伝統的な男性作家による女性像の
範囲内に収まる女性であり、それゆえに理解可能な存在であると考えたから
ではないだろうか。

　デイジーは、ジュリア・ブライドと比較すると、自分の行動・発言などが
他人に与える印象（すなわち、どのような解釈を生み出すのか）についての
意識が、きわめて希薄であると言わざるをえない。Fowler は、ジェイムズ
の作品のヒロインについて、ヨーロッパでの経験によって、さしたる変貌を
遂げることのないヒロインたちに共通するのは、彼女らか自分たちのセク
シュアリティに対して、無自覚である点であると指摘する（45）。デイジー
が、他人に自分がどのように解釈されるかという問題について、極めて無
頓着であることの背景には、自らのセクシュアリティの存在を自覚してい
ないことがあるのではないだろうか。存在を意識していないものを、制御
することは不可能である。かくして制御されることのないデイジーのセク
シュアリティは、男性たちによる過剰な解釈を生み出す原因となるので
ある。

　また、デイジーは、自分が解釈される際の価値判断の基準を形作る、父権

制に対する認識を著しく欠いていると考えられる。そのことは、この作品に
おいて、彼女の父が単なるお金の送り手としての機能しか持っていないこと
と、少なからぬ開運があると言えるのではないだろうか。彼女は、父権制の
存在を無視するのみならず、「男の人が私に指図なさったり、私のすること
を邪魔することを、許したことはありません」（18.57）と、父権制に対する
挑戦と解釈することも可能な発言をする。自己のセクシュアリティの存在に
対する自覚に欠け、父権制によって形作られた社会の価値基準を無視する彼
女は、自分という存在を把握する状況には、程遠いと言わざるをえず、語る
べき自己をいまだ認識していない段階にあると考えられる。

　語るべき自己を持たない彼女は、結局男性によるテクストに閉じ込めら
れ、一方的に父権制の価値観によって、解釈され、断罪されるに至らざるを
えない。テクストに閉じ込められた彼女に付与されるイメージはいずれも、
男性作家が伝統的に女性の登場人物を作り上げてきた二つのイメージ、すな
わち、性的な要素をまったく持たない、清純無垢な乙女のイメージと、男性
を堕落させる、妖女のイメージの域を出ないものである。デイジーに対する
決定的な解釈を下しあぐねていたウィンターボーンは、月夜のコロセウムを
ジョヴァネーリと連れだって散策するデイジーの姿を見て、「彼女の邪悪の
陰に、愚かにも当惑していた紳士が、もはや頭も心も悩ませる必要のない娘」
（18.86）と、解釈することにさえ値しない人物であるという判断を下す。

　このように、男性中心的な解釈によって、デイジーが断罪されてしまうこ
とを、ジェイムズは必ずしも肯定的に考えていたとも思われない。そのよう
な判断を下すウィンターボーンは、自分の姿が二人に見られていることを意
識してはいないのに対し、二人は彼の姿をはっきりと捉えていることが、彼
を焦点にしない語りによって明らかにされているのである。自らのテクスト
に閉じ込めたデイジーを、一方的に、男性中心的な価値観によって断罪しよ
うとするウィンターボーンが、実は同時に他人によって、見られ、解釈され
うる客体でもあることが、読者に明示されている。ウィンターボーンは、テ
クストを生み出す主体として、あたかも小説における劇化されていない語り

手のように、テクストの中に人物としての姿を現すことなくテクストを支配しようとする。しかし、それは単に彼の作り出した幻想に過ぎないことが、この場面において示唆されていると言えよう。

　にもかかわらず、ウィンターボーン自身は、デイジーに対する解釈が自らの幻想の上に成り立っていることに、最後まで気づいてはいない。彼はデイジーの死後（すなわち彼女のセクシュアリティが消滅した後）、彼女は実はこの上なく無垢な女性であったという新たな解釈をとる。ところがこの解釈にしても、文学において女性に付与されてきたもう一方のイメージ、すなわち、天使のような、性的な要素を全く欠いた女性像の域を出るものではない。ウィンターボーンは結局、生身の女性であるデイジーのセクシュアリティをも含めた全体像を、理解することは最後までできなかったと言えよう。彼の解釈とは、彼女を男性中心的な価値観によって裁断し、男性作家によって繰り返し文学作品に描かれてきた女性像に押し込めてゆく作業に、ほかならなかったのではないだろうか。

　この作品の最後のパラグラフは、再びウィンターボーンを焦点としない語りによって、締めくくられている。そして、この部分も先ほど指摘した部分と同様に、デイジーに関するテクストを生み出す主体であったウィンターボーンが、実は他人によって解釈される客体でもあるという事実を、浮き彫りにする効果を上げていると考えることが可能であろう。ウィンターボーンが男性作家によって伝統的に用いられてきた女性のイメージに、デイジーを結果的に閉じ込めるに至る経緯を考え合わせるならば、この部分は、男性作家が文学を創造する力を背景として、一方的な女性像を作り続けてきたことに対する、間接的な形での批判であるとも考えられるのではないだろうか。

3.　ジュリアの人物像

　デイジーは、ウィンターボーンのテクストに終始閉じ込められた存在であり、自らの物語を語ることはできなかった。さらに彼女自身も、自己のセク

シュアリティの存在に対する自覚が欠如していたこと、及び自分を取り巻く父権制に対する認識の甘さなどの点において、語るに値する自己を確立していたわけではなかった。

　それに対して、ジュリアは語りの焦点の位置にあり、作品の構成上、自らテクストを作り出すことが可能な位置を占めている。さらに彼女は、テクストを作り出すにたる観察力を備え、語るに値する自己認識を備えた人物として、作品を通して描かれていると考えられる。

　しかし、彼女とて、そのような観察力や自己認識を生まれながらにして身につけていたわけではない。ジュリアの心を悩ませる問題の一つは、彼女自身の六度にわたる婚約とその解消である。この事実は、彼女もデイジーと同様、自己のセクシュアリティの存在に対して無自覚であり、またそのセクシュアリティを解釈する父権制について、いかに無知であったかを示す顕著な実例であると言えよう。

　そのような彼女が、自己のセクシュアリティの存在や、父権制における自己の位置付け、といった問題に直面せざるをえなくなったのは、皮肉なことに、彼女がこれまでどうしても踏み切ることのできなかった結婚によってであった。Eagleton は、結婚とは、欲望を無理やり封じ込める恣全的な力ではなく、欲望の仕組みを明らかにするものであり、これまでの人生を誤った自伝として書き直す機会をもたらすものであると指摘する（57-58）。ジュリアはフレンチ氏との結婚を前にして、自己の欲望の仕組みを明らかにし、過去の人生のテクストを書き直すよう迫られるのである。

　結婚は、自己を見つめ直し、過去のテクストを書き替える契機であると同時に、父権制の縮図であるとも言えよう。デイジーと同じように、自分が、特にそのセクシュアリティが、父権制においてどのように位置付けられ、解釈されるのかという問題を、一切考慮することのなかったジュリアは、一転して父権制を強く意識しながら過去のテクストの読み直しと、書き替えを迫られる。

　彼女は常に自分が父権制において、どのように解釈されるのかを意識し、

不安と孤独にさいなまれている。このような彼女はテクストに閉じ込められた状態を脱し、これまでは男性によってもっぱら行使されてきたテクストを作り出す力を手にしたものの、そのような自分が父権制においてどのような評価を受けるのかを常に意識せざるをえなかった、女性作家の置かれていた状況のパラブルであると、みなすことも可能ではないだろうか。

　創造する力を手にした女性作家たちが、自己のアイデンティティの探求、すなわち自分捜しに向かったように、ジュリアもまた自分の過去の再読へと向かう。彼女は自分の過去のテクストを、これまで無自覚のままに過ごしてきた、父権制という新たなコンテクストのなかで読み直そうとする。かつては義理の父であった、ピトマン氏との再会の場において、彼女は生まれついての美貌の持つ意味を新たに問い直す。その問い直しの結果、彼女が痛感したのは、美貌が自分の過去においていかに重要な意味を持ってきたかということにほかならない。「誰が見ても一番綺麗な女性として彼女が通用しなかった日が一体これまでにあっただろうか？　彼女は、ずっと昔から、来る年も来る年も、日々そして時々刻々そんな状況に浸って暮らしてきた－言うなれば、そのために、そして文字通りそれによって暮らしてきたみたいなものだった」（17.493）と、彼女は過去の日々を振り返る。

　彼女は、自分の美貌がこれまでの人生において、いかに大きな意味を持っていたかということを認識しているばかりではなく、過去の自分とは、美貌のみの存在に過ぎなかったことを述懐している。さらに、彼女は女性の美貌を、父権制という、より大きな問題と関連づけて捉えようとする。

　　女性がそのように美貌であるときは、美貌以外の何物でもありえない、と愚かな世間に否応なしに認められるのであった。そして美貌以外の何物でもないときは必ず困難な状況にはまらざるをえないのである。そしてそこから這い上がろうとすれば嘘をつきまくるしか他に手はないだろう。（17.498）

彼女の認識は、自分の美貌が父権制の中で自らを孤立させ、疎外された状況に追い込む元凶であったことにまで及ぶ。彼女は自分と母親が美貌ゆえに孤

立させられ、まるで見せ物の動物のような境遇に置かれてきたと考える。

> 美人であることが、そんなにもひどくうんざりするほどに、他の全ての人を
> 満足させてきた。というのは、皆が、まるで残酷な陰謀を企んでいるかのよ
> うに、彼女たちに馬鹿みたいな期待を突きつけ押しつけてくるのであった。
> その期待の枠内に彼女たちを閉じ込め、他人から隔離するばかりでなく、
> 垣根のところに見張りに立ち、彼女たちが逃げないようにその外回りを巡回
> し、手すりを通してひやかしとしか言えない言葉で、まるでお菓子か林檎を
> 投げ拾てるような言葉で彼女たちを誉めそやし、話しかけてくるのであった
> －まるで彼女たちがアンテロープか縞馬か、それとも少しはましな人前で演
> 技し踊って見せる熊であるかのように。（17.499-500）

デイジーが、終始自分のセクシュアリティに無自覚であったのみならず、自
らを取り巻く父権制の存在を無視し続けたのに対し、ジュリアは、セクシュ
アリティの具体的表象とでも言うべき自分の美貌を、父権制というコンテク
ストのなかで読み直すのである。デイジーが男性によるテクストに終始閉じ
込められた存在であったのに対し、ジュリアは、過去の自分のテクストを書
き替えることに迫られたことを契機として、父権制の中において自分が置か
れた地位を、客観的に把握するに至ると言えよう。

　過去の自分が閉じ込められていたテクストを、父権制というコンテクスト
の中で分析した上で、ジュリアはそれを新たなテクストへと書き替えようと
する。彼女が優れたテクストの書き手であることは、彼女を焦点としない語
りによって、保証されている。すなわち彼女は熟達した観察力の持ち主であ
り（17.495）、芸術や様式や安定を求め（17.510）、「私は、私たちが分かって
いることを話しているのではありません。私は他の人たちがどのように感じ
ているかを話しているんです。」（17.530）の部分に示されているように、自
分のテクストが他人にどのように解釈されるかを、常に意識している。

　にもかかわらず、ピトマン氏やマレイ・ブラッシュを目の前にすると、「彼
女は、そこで彼を目の前にして、突然激しくむかつきが突き上げてくるの

を感じた－愚かな夢の終末が何となくぼんやりと予見されるのであった。」（17.507）や「そういうわけで彼女は彼にすべてを聞かせたが、そうしながらもまだ予測できない宿命に彼女自身がはまっていくような感じはしていた。」（17.528）という部分に示されているように、彼女は前後の脈絡とは何ら関係なく、漠然と自分が敗北することを予感する。テクストに閉じ込められていた状況を脱し、自らテクストを創造するにあたり、彼女はすでに自分が失敗する運命にあることを感じとっているのである。

　彼女がそのように感ずる理由の一つは、習うべき女性によるテクストが見いだせないことにあるのではないだろうか。Sandra Gilbert と Susan Gubar は、女性作家が家父長的権威に反抗することが可能であることを立証してくれる、女性の先駆者を捜すことの必要性を指摘するが（558）、彼女の母親の生き方は、彼女自身の過去のテクストと重なるものではあっても、新たなテクストに書き替えるに当たっては、なんら参考になるものではないと言わざるをえない。母親は彼女にとってむしろ拒絶し、抹消すべき存在であると言えよう。

　もう一つの理由として、彼女自身がテクストに閉じ込められた状態から、完全には脱していないことがあげられる。先に考察した、美貌が自分の過去の人生において果たしてきた役割に関する彼女の認識は、父権制社会に対する異議申し立ての色彩をさえ帯びている。しかしその一方で、彼女はまた自分の美貌が、父権制の中で必ずしもマイナスの意味しかもっていなかったわけではないことを自覚している。「私－ほんとに綺麗だと仰言るけど－ほんとに楽しい目をしてきたわ。楽しめないほど無器量じゃなかったのよ！」（17.512）と、彼女は美貌をいまだに誇りにさえしていることを示唆しているのである。

　ジュリアはテクストを創造するにあたり、ピトマン氏とマレイ・ブラッシュを自分のテクストの中に取り込むことを試みる。しかし彼らも自分のテクストを皮肉なことに結婚という問題を契機に、創造する必要に迫られている。ジュリアが過去のテクストに捕らわれた状態にあることを、彼らは巧妙

なやり方を用いて利用しようとする。ピトマン氏はことさらに、彼女に自分の美しさを意識させる発言を繰り返す。さらに自分が再婚する予定の相手であるドラック夫人に彼女を紹介する際には、「困ったときにいつも天使のように助けてくれたいい友だち」（17.516）という、男性作家がテクストのなかの女性の、一方の極に対して付与してきたイメージを喚起させる表現を用いている。ジュリア自身も、美しさという点でははるかに劣る、ドラック夫人が彼女の美貌に示す反応に、「しかし不思議なことだったが、いらいらしたり憂鬱な時にも、男たちの輝く視線が、それらはもっとも鮮明な時でも馬鹿みたいな視線にすぎないのだが、およそ彼女に好きなだけのものを与えてくれると感じてきたが、同性の人たちの投げかける視線にも何か新鮮なものが潜み、そういった顔に自分の反映を読み取ることにもまんざら悪い気はしなかった。」（17.516）の部分に描かれているように、酔っているのである。その結果彼女は、美貌ゆえに、自分がいかに疎外され、孤立させられてきたのかという認識を忘れ、過去と同じく男性のテクストに閉じ込められた状況へと限りなく後退していくことになる。

　母親をいわば犠牲にする形で、ピトマン氏のために証言する自分の姿を、ジュリアは空に舞い上がるイメージによって表現する。しかしそれは自分の追い求める価値への上昇ではなく、ピトマン氏によって押しつけられた価値への上昇にすぎない。彼女は自らテクストを創造する力を放棄して、ピトマン氏のテクストの中を舞い上がったのである。

　マレイ・ブラッシュもまた、巧妙に彼女を男性のテクストに閉じ込められた状態へと後退させようとする。彼は、ヨーロッパで身につけてきたいかにも紳士然とした物腰によって、ジュリアに彼によって庇護されているのだという印象を与えるが、このことによって彼女は自らテクストを創造する力を失ない、彼の作り上げるテクストへと搦めとられてゆく。

　　その勢いにどんどん沈みながら、抵抗したり、途中で何かにしがみつくために手を差し出すこともなく、ただその若者の顔そのものの中に、どうしよう

もない破滅を読みこみ、彼が明るく気高く少しも恨みがましいところもなければ少しも自分の誇りを申し立てるところもないのに、その顔に彼女の運命を物語る巨大な灰色のうつろさを読みこまざるをえなかった。(17.534)

ジュリアは結局、自分たちの過去の婚約について、マレイに有利に証言してもらう見返りに、彼と彼の現在の婚約者リンデック嬢を、社交界における地位の上昇を狙ってのことであると知りながら、フレンチ氏に引き合わせる約束をしてしまう。この時点で彼女はマレイの作り上げたテクストの中に、完全に封じ込まれてしまうことになる。しかし、ピトマン氏の場合と異なり、彼女は自分がテクストを創造する力を失い、再び他人のテクストに閉じ込められたことを、はっきりと自覚しているのである。

だが彼女はこのことを受け入れ、全てを受け入れ、そうする自分を感じ、別れる前に立ち止まったときには、彼が提案したところのお茶を飲みながらの会合が何を狙ってのことかよく分かったと話す自分の声を聞いた。彼女はきっとフレンチ氏にその旨を申し出て、彼らにその結果を知らせるであろう。(17.540)

この部分において、彼女は二つの人格に分裂していると考えられる。すなわち、マレイという男性のテクストに閉じ込められた彼女と、テクストの外部から、閉じ込められた自分を見つめるもう一人の彼女である。しかし、テクストの外側にいる彼女にしても、もはや自分のテクストを新たに作り出す力はなく、マレイのテクストに閉じ込められたもう一人の自分を悲嘆にくれて眺めるだけである。

この作品の最後の部分において、ジュリアはフレンチ氏との繋がりを失うであろうことを、はっきりと予感しながらも、彼を最高に誇らしいと感じている。ジュリアが最終的に行き着いたのは、忍従と自己犠牲という、父権制が女性に強いてきた代表的な価値観であると考えられる。そのことを、語り手は「ジュリアの素晴らしい性格の際立った特徴（17.541-2）と表現する。

この表現は、父権制を正当化するものであるというよりむしろ、男性のテクストに封じ込められた状態から脱しようと努力しながら、結局脱しきれずに、再び封じ込められてしまったジュリアに対する、語り手の同情と憐愍の表れであると、考えることが可能ではないだろうか。

4. 結論

　ジェイムズは『デイジー・ミラー』への序文のなかで、1904 年から 1905 年にかけての、20 年ぶりのアメリカ再訪における、ニューヨークでの短い滞在について回顧している。彼は、ニューヨークで語るに値するのは、「都心部」のみであるとし、観察者である自分が「都心部」を支配する「金銭への情熱という巨大な組織された神秘」によって、閉ざされていることを認めている。その結果、彼の目は「住宅地」に向かうことになった。「都心部」が男性の世界であるならば、「住宅地」はジェイムズ自身が指摘するように、女性と子供の世界である（18.x）。

　男性にとって私的な空間である「住宅地」は、女性にとっては唯一の公的な空間である。ジェイムズは、あえて女性の公的空間を作品の舞台に選ぶことによって、男性の公的空間を間接的に描こうとしたとも言えよう。もちろんそのようなやり方では、「都心部」の表層的な要素を捉えることは不可能である。しかし、女性の空間を描くことにより、ジェイムズは父権制という、「都心部」のみならず「住宅地」をも覆う、より本質的な問題と向き合うことかできたと言えるのではないだろうか。

　（「ジュリア・ブライド」からの引用は、多田訳によるものである。）

第5章　「密林の獣」における解釈のせめぎあい

1.　はじめに

　「密林の獣」（"The Beast in the Jungle", 1903）は様々な角度から論じられて
きた作品であるが、作品の解釈は，強迫観念に取りつかれた結果、自分に対
して向けられた女性の愛を受け入れることができなかった男性の物語であ
るということに概して落ち着くようである。[1] しかし、John Marcher と May
Bartram との出会いの場面である第一章を検討すると、マーチャーの脅迫観
念とされているものが二人を結び付ける一種の絆として、メイの方から提示
されていること、その脅迫観念の解釈を巡る攻防が二人の間ですでに行われ
ていることがわかる。

　本章は、「獣」を読み解かれるべき謎としてではなく、マーチャーとメイ
との間における解釈の攻めぎあいの間に成立したフィクションとしてとらえ
ようと試みる。[2] さらに、解釈の攻めぎあいを通じて、フィクションの＜語
り手／書き手＞であるマーチャーの権威が、徐々に失われていく過程を分析
し、彼を相対化する＜聞き手／読み手＞としてのメイの役割に注目してゆ
く。また、メイの死後マーチャーに訪れる大きな変化を、解釈の攻めぎあい
から生じていた流動性の消滅によるものと理由付け、結末において彼が受け
る衝撃を、死者としてのメイというテクストの、読み手としての観点から考
察してゆきたい。

2.　フィクションの誕生

　第一章は、この作品の大部分における語りの焦点であるマーチャーの認識
方法の特徴を探る上で、重要な情報が示されている部分であると考えられ
る。[3] メイと再会を果たす以前の彼は、"He had been conveyed by friends..."

（61）という部分や、"the party of visitors at the other house, of whom he was one, and thanks to whom it was his theory, as always, that he was lost in the crowd, had been invited over to luncheon"（61）という描写からうかがわれるように、集団に埋もれて行動する、いずれかと言えば受動的な人物として描かれているのではないだろうか。さらに、Weatherend の歴史的な雰囲気に触れて、"The great rooms caused so much poetry and history to press upon him that he needed some straying apart to feel in a proper relation with them"（62）という反応を示していることから、観察する対象に没入するのではなく、距離を保とうとする慎重な姿勢が見受けられる。

　ところが、メイと再会を果たしたことを機に、彼の想像力は突然、積極的な活動を開始する。彼女に直接問いただしもしないうちに、"He was satisfied, without in the least being able to say why, that this young lady might roughly have ranked in the house as a poor relation; satisfied also that she was not there on a brief visit, but was more or less a part of the establishment — almost a working, a remunerated part"（63）と、彼女が現在置かれている境遇に思いを巡らし、自分でも理由を理解できないまま、自らの想像したことに満足感さえ抱いているのである。

　さらに、メイとの唯一の話題であるイタリアでの思い出話に興じながら、彼女を言わば題材として、次のような夢想にふける。

> Marcher could only feel he ought to have rendered her some service — saved her from a capsized boat in the Bay or at least recovered her dressing-bag, filched from her cab in the streets of Naples by a lazzarone with a stiletto. Or it would have been nice if he could have been taken with fever all alone at his hotel, and she could have come to look after him, to write to his people, to drive him out in convalescence. (66)

　マーチャーの夢想は、前半部分は、か弱い女性であるメイを、騎士を彷彿とさせるマーチャーが救うという構図であり、後半部分は、病人のマーチャーに母親的な女性であるメイが、献身的に尽くすという構図となっ

ていて、双方とも安っぽいメロドラマの域を出るものではない。福岡は、Herman Melville の短編小説 "I and My Chimney" を Washington Irving の *The Sketch Book* に代表されるスケッチという観点から分析するが（195-217）、この部分の描写及びマーチャーの人物設定（これといった職業のないこと、独身であること、社会的な有用性に欠けていること、傍観者的であること）を考えれば、「密林の獣」はスケッチの要素を持ち合わせた作品であると考えられるのではないだろうか。

彼の夢想は "He was really almost reaching out in imagination — as against time — for something that would do, and saying to himself that if it didn't come this sketch of a fresh start would show for quite awkwardly bungled"（67）の部分に示されているように、本来メイとの今後の交際の基礎となる絆を、あれこれと捜す過程で生まれたものである。ところが奇妙にも、彼は "They would separate, and now for no second or no third chance. They would have tried and not succeeded"（67）と考え、二人の交際の更なる発展を、いとも簡単に断念しかかるのである。多くのスケッチの主人公と同様マーチャーは心地良い夢想の世界に浸る一方で、自己を取り巻く現実から目を逸らそうとしていることを示す部分であると、解釈することが可能であろう。

二人の関係を夢想の段階に留め置こうとした背景には、メイという女性が、少なくともこの時点においてはマーチャーにとって、自ら解釈の中に容易に収まる女性であり、夢想の中に取り込むことが可能な存在であったことが考えられる。"it might have been as an effect of her guessing that he had, within the couple of hours, devoted more imagination to her than to all the others put together, and had thereby penetrated to a kind of truth that the others were too stupid for"（63）と、マーチャーはメイに対して想像力を働かせることに専心し、その結果自分ほど彼女の真の姿を知る人物はいないであろうと、密かに自負する。そしてその自負が、他人に対する一種の優越感と結び付いていることも、彼の思考の傾向を知る上で、見逃せない事実である。

メイを心地好い夢想の中に取り込む一方で、現実の彼女とのつながりを

断ち切ろうとするマーチャーの試みは、思いがけないことに、メイからも
たらされた絆によって結果としては失敗に終わる（"the link it was so odd he
should frivolously have managed to lose"（67-68）という記述は、彼女をあくま
で自らの夢想の中の存在として位置付けようとする彼の意図を、はからずも
露呈したものではないだろうか）。皮肉なことに、彼女が指摘した二人を結
び付ける絆とは、彼自身が明かしておきながら、そのことさえ忘れていた、
「獣」のメタファーによって表現される事になる、彼自身に関する秘密で
あった。全く予期していなかった絆をもたらしたことにより、メイは彼の
解釈の中に捉われた状態から、彼の心地好い夢想を脅かす存在へと変化する。
彼女が与えた衝撃がいかに大きなものであったかは、次の描写からうかがわ
れるのではないだろうか。

> He had forgotten and was even more surprised than ashamed. But the great thing
> was that he saw in this no vulgar reminder of any "sweet" speech. The vanity of
> women had long memories, but she was making no claim on him of a compliment
> or a mistake. With another woman, a totally different one, he might have feared the
> recall possibly even some imbecile "offer." (68)

この部分の心理描写において、夢想の中で描かれてきた女性とは全く別種の
女性、即ち彼の夢想を脅かす現実味を帯びた女性が、一般論の形を取ってで
はあるが、初めて登場するのである。

　もっとも、マーチャーは、メイをそのような女性たちとは全く異なっ
た女性であると規定している。さらに、"After the first little shock of it her
knowledge on the contrary began, even if rather strangely, to taste sweet to him. She
was the only other person in the world then who would have it, and she had had it
all these years, while the fact of his having so breathed his secret had unaccountably
faded from him"（69-70）の記述からうかがわれるように、何の報いを求め
ることなくひたすら彼の秘密を守り続けてきた、この上なく献身的な女性
という解釈を新たに下すことによって、彼女を再び自らの夢想の中に取り

込もうと試みるのである。彼がそのような資質を、彼女からしきりに読み取ろうとしていることは、"If she didn't take the sarcastic view she clearly took the sympathetic, and that was what he had had, in all the long time, from no one whomsoever"（70）"To tell her what he had told her — what had it been but to ask something of her? something that she had given, in her charity, without his having, by a remembrance, by a return of the spirit, failing another encounter, so much as thanked her"（71）の部分からうかがわれる。

　メイを従順な聞き手と位置付けた上で、マーチャーは自らの秘密の語り手としての地位を確立することになる。(4) 彼はしばしば強迫観念に取りつかれた結果、現実を生きられなかった男と解釈されるが、この解釈はメイという聞き手を得るまでは、マーチャー自身が秘密を持っていることさえ忘れていたという、根本的な事実を見逃していると言えよう。むしろマーチャーの秘密とは、＜語り手／書き手＞としての彼自身と、＜聞き手／読み手＞としてのメイとの間に成立する、一種のフィクションであると考えるべきではないだろうか。

　しかし、榊が指摘するように、語りとは単純な真実の表現ではありえず、ある特定のコンテクストによって演出されるパフォーマンスである以上（14）、＜語り手／書き手＞の権威は常に＜聞き手／読み手＞によって、脅かされていると言えよう。自らのフィクションが、単純な真実ではあり得ず、読み手の解釈に左右されるであろうことは、マーチャー自身が次の部分において認めていると考えられる。

　　"*The* thing will of itself appear natural."
　　"Then how will it appear strange?"
　　Marcher bethought himself. "It won't — to me."
　　"To whom then?"
　　"Well," he replied, smiling at last, "say to you." (73)

　マーチャーが"it" "the thing" "something"ときわめて曖昧に表現するものを、

フィクションの＜聞き手／読み手＞としてメイは、"Isn't what you describe perhaps but the expectation — or at any rate the sense of danger, familiar to so many people — of falling in love?"（72）と「恋に落ちる」という、明確な指示対象と結び付けることにより、彼の作者としての権威を揺るがせている。それに対して、マーチャーはフィクションの作者としての権威を前面に押し出して、（"It was agreeable, it was delightful, it was miserable" he explained. "But it wasn't strange. It wasn't what *my* affair's to be"）（73）と反論し、彼女の解釈を退けようとするのである。

　自らが作者であり読者である、閉ざされた状況における心地好い夢想は、メイという読者を得たことにより、一転して緊張感をはらんだ、流動性を帯びたものへと変化したと言えよう。マーチャーは彼女を、"It will only depend on yourself — if you'll watch with me"（74）"Then you *will* watch with me?"（74）"If you'll watch with me you'll see"（74）と執拗に＜聞き手／読み手＞という解釈の中に囲い込もうと試みる。彼がその行為に固執するのは、生身の女性であるメイが彼の下す解釈の枠を逸脱し、自分を脅かすことへの恐怖感があることは否定できないであろう。しかし皮肉なことに、＜聞き手／読み手＞という位置付けをされたがゆえに、メイはフィクションの解釈に参加することが可能となったのであり、解釈という行為を通じて彼を脅かし始めるのである。

3.　フィクションの＜語り手／書き手＞からの転落

　第二章において、マーチャーはメタファーという新たな戦略を用い始める。彼はフィクションの＜語り手／書き手＞と＜聞き手／読み手＞という、自らが規定したメイとの関係を、"That recovery, the first day at Weatherend, had served its purpose well, had given them quite enough; so that they were, to Marcher's sense, no longer hovering about the headwaters of their stream, but had felt their boat pushed sharply off and down the current"（76）とメタファー

によって、ロマンティックな色彩に染め、解釈の攻めぎあいなどとは程遠いものと見做そうとする。さらに、自らのフィクションを獣のメタファーを用いて表し、"The definite point was the inevitable spring of the creature; and the definite lesson from that was that a man of feeling didn't cause himself to be accompanied by a lady on a tiger-hunt"（79）の部分において、Cannon が指摘するように（62）メタファーを操作することにより、生身の女性であるメイが、自らの現実へ進入するのを阻止しようとするのである。[5]

　メタファーという新たな戦略を用いることにより、フィクションの＜語り手／書き手＞としての権威を保持しようとする企ては、一見、成功しているかのように思われる。しかし、それが単なる思い込みに過ぎないことを、この作品の語り手は、徐々に明らかにしてゆく。語り手は、"He knew how he felt, but, besides knowing that, she knew how he *looked* as well; he knew each of the things of importance he was insidiously kept from doing, but she could add up the amount they made, understand how much, with a lighter weight on his spirit, he might have done, and thereby establish how, clever as he was, he fell short"（81-82）とメイによって解釈される、客体としてのマーチャーを提示し、同時にそのような彼を、彼女が自らの解釈のうちに、はっきりと捕らえていることを示唆している。もはや彼女は、従順な＜聞き手／読み手＞の枠に収まる女性ではなくなったと言えよう。[6]

　マーチャー＝フィクションの＜語り手／書き手＞、メイ＝＜聞き手／読み手＞という関係の逆転は、次の部分において決定的なものとなっていると考えられる。

　　What it had come to was that he wore a mask painted with the social simper, out of the eye-holes of which there looked eyes of an expression not in the least matching the other features. This the stupid world, even after years, had never more than half-discovered. It was only May Bartram who had, and she achieved, by an art indescribable, the feat of at once — or perhaps it was only alternately — meeting the eyes from in front and mingling her own vision, as from over his shoulder, with their peep through the apertures.　(82)

　フィクションの＜語り手／書き手＞であったはずのマーチャーが、逆に＜聞き手／読み手＞であったはずのメイによって、観察されるのみならず、分析される対象となっていることが、彼を焦点としない語りによって明らかにされている。さらに仮面のメタファーによって、語り手は、メイの視線が観察者としてのマーチャーの姿を捉えているのみならず、彼女の視線が、彼の視線に重ね合わされていることをも、示唆している。マーチャー自身は勿論、彼の作り出すフィクションもまた、メイが密かに作り上げていた、フィクションにすでに捉えられていたと言えよう。[7]

　ただしこれらの情報は、あくまで読者に対して語られているのであり、作中人物であるマーチャーは、あくまでメイを自らの下す解釈の範囲内に留め置こうとするのである。第三章になると、ようやく彼自身が、自分が知る以上のことを、メイが知っているのではないかという疑念を抱き始める。しかし、自らが彼女の解釈の中に捉えられていることなど、微塵も脳裏によぎることはなく、"She had no source of knowledge he hadn't equally — except of course that she might have finer nerves. That was what women had where they were interested; they made out things, where people were concerned, that the people often couldn't have made out for themselves. Their nerves, their sensibility, their imagination, were conductors and revealers, and the beauty of May Bartram was in particular that she had given herself so to his case"（93）と女性一般の問題として捉え、さらに文学等において、女性を描く際に作り上げられてきたイメージの一つである、巫的な女性という観点から、彼女を理解しようとしているのである。語り手によって明らかにされた、メイのフィクションにすでに捉えられている彼が、あくまでも＜語り手／書き手＞の地位にあると信じて、彼女を自らの解釈の中へと収めようとする姿が、読者の目には二重写しとなっているのである。この段階において、この作品はドラマティック・アイロニーの様相を帯びていると言えよう。

4. フィクションを巡る攻防

　語り手によって明らかにされてきたフィクションを巡るマーチャーとメイとの関係の変化は、第四章のメイの客間における場面において、二人の会話を通して前景化される事になる。

　この場面の冒頭で、マーチャーは、メイをスフィンクスと造花の百合のメタファーによって表現しようと試みている。彼が、獣のメタファーを拡張することによって、他者に解釈されることから逃れようとすると同時に、メイとの関係をメタファーにからめとる事により、彼女を自分の解釈の域に留め置こうとしてきたことを、ここで思い起こす必要があろう。

　そのようなメタファーと比較して、この部分で用いられている二つのメタファーは、かなり異なった意味合いがあるのではないだろうか。二つのメタファーはこれまでのものに比べれば、著しく柔軟性、発展性に欠けている感がある。これらのメタファーには、もはやメイを解釈の中に取り込む力は存在しないと言わざるを得ない。解釈不能の他者として新たに登場したメイに対し、何らかの意味付けを与えようとするにあたっての、弱々しい絆としての役割を辛うじて果たしているにすぎない。Yeazell は *The Golden Bowl* において、メタファーが、それを用いる当人が明確に意識していない意味を示唆していると指摘するが（43）、この場面でのメタファーも、そのような色彩を帯びているのではないだろうか。

　さらに、スフィンクスと百合のメタファーが用いられている意義についても、考察する必要があろう。スフィンクスは 19 世紀末の絵画・彫刻・詩等にしばしば題材として用いられた。Dijkstra は、スフィンクスを題材とする芸術作品を詳細に分析し、これらの作品において、スフィンクスの中に、完全に服従的な、母親としての女性と、男性を食い尽くす破壊的な女性という、男性が女性に対して抱く両極端のイメージが、統合されることなく、同時に存在していると指摘する（325-331）。百合に関しても、元来は純潔の象徴であるものの、作り物であることが殊更に強調されていることを考えると、対

極のものを示唆している可能性も考えられる。

「代償を求めることのない、忠実な confidante」「従順な読者」としての役割の中に閉じ込められ、自らもその役割を演じてきたかのように思われるメイを、マーチャーが相反するイメージを内包するメタファーによって理解せざるを得ないという事実は、二人の関係が大きく変化しようとしていることを、象徴的な形で、示唆しているのではないだろうか。

メイの客間の場面において、二人の関係が完全に逆転していることは、ついにマーチャー自身も知るところとなる。しかし彼は彼女が読み手として、フィクションを言わば解釈し尽くしたのではないかと "Was it — or rather wasn't it — that if for so long she had been watching with him the answer to their question must have swum into her ken and taken on its name, so that her occupation was verily gone?"（99）の部分において推測し、あくまで彼女を＜聞き手／読み手＞の地位に留めようとするのである。

さらに、フィクションの解釈を巡る攻防に終止符を打ち、現実の世界へと誘う彼女に対して、彼はあくまでフィクションにこだわり続け、フィクションの＜語り手／書き手＞であるはずの自分自身を上回る彼女を "She was right, incontestably, for what he saw in her face was the truth, and strangely, without consequence, while their talk of it as dreadful was still in the air, she appeared to present it as inordinately soft. This, prompting bewilderment, made him but gape the more gratefully for her revelation, so that they continued for some minutes silent, her face shining at him, her contact imponderably pressing, and his stare all kind but all expectant"（106）と捉え、彼女が自分を凌ぐ存在となっていることを、「啓示」（revelation）という言葉を用いることで、再び巫的な女性のイメージを重ね合わせることによって、無害化しようとしているのではないだろうか。

そのようなマーチャーに対し、メイは "I know nothing"（107）と宣言し、フィクションの解釈ゲームからの撤退を計るのである。このようなやりとりが、火の気のない、装飾品も片付けられた暖炉の前で行われていることは、

注目に値するのではないだろうか。火の点された、暖炉の周辺の心地好い場所が、スケッチにおける夢想と分かちがたく結び付いていることを考え併せるならば、マーチャーの心地好い夢想の消滅を、象徴的に表していると解釈することが可能ではないだろうか。

5. フィクションの消滅

メイの死後、マーチャーに大きな転機が訪れる。仮面のメタファーによって、既に明らかにされていたように、メイとの関係を利用する事によって、彼は軽蔑する社会から意味づけられることを巧みに回避し、その行為自体に密かな喜びさえ感じていたのであった。ところが彼女の死を契機に、彼は二人の関係が社会的に何の意味付けもされないことに、不満を示すのである。

> Not only had her interest failed him, but he seemed to feel himself unattended — and for a reason he couldn't seize — by the distinction, the dignity, the propriety, if nothing else, of the man markedly bereaved. It was as if in the view of society he had not been markedly bereaved, as if there still failed some sign or proof of it, and as if none the less his character could never be affirmed nor the deficiency ever made up. (115)

＜聞き手／読み手＞としてのメイを失い、＜語り手／書き手＞と＜聞き手／読み手＞との緊張関係によって成立してきたフィクションは、その存在基盤を失ってしまったのである。フィクションの＜語り手／書き手＞という、唯一とも言えるアイデンティティを失った彼は、逆に社会によって意味付けられないことの不安に、さいなまれることになったのではないだろうか。

彼の密かな誇りであった、観察した対象を解釈に取り込む力も "The terrible truth was that he had lost — with everything else — a distinction as well; the things he saw couldn't help being common when he had become common to look at them"（119）の記述にあるように、完全に失われてしまったことを、自ら認

めざるをえない。その結果、彼はひたすらメイという女性を、テクストとして読むことに、専念することを余儀なくされる。"The open page was the tomb of his friend, and there were the facts of the past, there the truth of his life, there the backward reaches in which he could lose himself"（121）に示されているように、彼はメイという女性を、一種のテクストとして読むことに、自分の存在意義を見いだそうとしている。

　メイとのフィクションを巡る攻防において、彼は彼女を利用する形で、社会から意味づけられることから逃れ、自らの夢想の世界に浸ることができたのであった。しかし、＜聞き手／読み手＞である彼女が消滅した今となっては、読者としても直接現実と向き合わざるをえなくなる。彼はメイの墓地で見知らぬ男に出合うが、この男を見る際の彼の描写は、この作品の第一章においてメイと出合う場面での、彼を焦点とする彼女の描写とは明らかに異なったものとなっている。

> Marcher knew him at once for one of the deeply stricken — a perception so sharp that nothing else in the picture comparatively lived, neither his dress, his age, nor his presumable character and class; nothing lived but the deep ravage of the features he showed. (123)

　このことをきっかけに、彼は自分自身の物語を読み直し（"He gazed, he drew breath, in pain; he turned in his dismay, and, turning, he had before him in sharper incision than ever the open page of his story" (125))、その結果、メイという女性のテクストを、彼女が密かに＜語り手／書き手＞として作り上げたフィクションをも含めて、読み解くに至るのである。読むことによって、激しく揺さぶられる彼の姿は、自らの作り上げた心地好い夢想の読み手としての彼とは、まさに対照的である。

　最後の部分において、再び「獣」のイメージが現れる。彼のフィクションを拡張する原動力であった獣に、幻想（hallucination）の中において圧倒される彼の姿は、フィクションを持つことを自らのアイデンティティとして

きた経緯を考え併せると皮肉である。Sedgwick はこの場面において、マーチャーが最終的には獣から顔を背けることに注目する(212)。マーチャーは、迫り来る「獣」から目を逸らしているのみならず、それを観察する力さえ失っていること（"His eyes darkened — it was close;" (127)）を考慮するならば、メイの死後，彼がよって立つ唯一の基盤であった、テクストの読み手としての資格さえ失った状態で、この作品が締めくくられていると結論づけることが可能ではないだろうか。

6. 結論

　他者としての女性が、男性の主人公の世界に侵入し、その世界を脅かすというモチーフは、文学においてしばしば用いられてきたものである。Baym はアメリカ小説においては、男性の主人公を、攻撃・侵略する社会が、女性の形をとって表されること、女性が男性を誘惑するもの、男性に敵対するものといった、メロドラマ的な役割を付与される傾向があることを指摘する(133)。また、創造というドラマにおいて、女性が果たす役割は男性のメロドラマの中で割り当てられた役割に、限定されると論じている（138）。

　本論で考察したように、マーチャーは、他者として彼の自己充足的な夢想を、脅かす可能性のあった女性メイを、フィクションの＜聞き手／読み手＞とすることによって、夢想に取り込もうとするとともに、彼女を利用する事で、社会から意味付けられることから逃れようと試みた（Baym は芸術家を描き、またその書くという行為を記述することが、女性を排除する事につながると指摘する（136-137））。しかし、彼はフィクションの解釈を巡る攻防の中で、あるいは彼を焦点としない語りによって、次第にフィクションの＜語り手／書き手＞としての権威を失ってゆく。彼はメイにメロドラマティックな解釈を下すことで、危機を乗り切ろうとする。ところが彼女の死後は読み手として、フィクションという一種の緩衝地帯を失った状態で、彼女のテクストを読むことに専念することを余儀なくされ、最終的には、読み手とし

ての資格さえも失い、すべてのアイデンティティを奪われるまでに、相対化されるに至る。

　その意味において、この作品はフィクションの＜語り手／書き手＞であるマーチャーが＜聞き手／読み手＞であるメイによって、相対化されていく軌跡をたどると同時に、「悩める男のメロドラマ」が、解釈戦略のぶつかり合いを通じて、徹底的に破壊されてゆく経過を描いたものであると、考えることが可能ではないだろうか。

第6章 『ねじのひねり』におけるクイアな欲望

1. はじめに

　『ねじのひねり』（*The Turn of the Screw*, 1898）において、女中頭であるグロース夫人（Mrs. Grose）の果たす役割は、Governance が彼女と交わす会話の量が、他の登場人物との会話の量を遥かに凌いでいるという点で、軽視できないものがある。また、ガヴァネスという、ミドルクラスのレディと一応されてはいるものの、時として労働者階級の一員とも見なされる場合もある微妙な立場のために、あるいはガヴァネス自身の持つ強固な階級意識のために、グロース夫人以外の召使との接触がほとんど見られない（夫人の下にいる使用人の名前が明らかにされているのは、Luke という召使のみである）ことから、ブライに関して、ガヴァネスにもたらされる情報は、専らグロース夫人によるものに限定されている事実を考え併せると、夫人とガヴァネスとの関係を詳細に分析することは、この作品を解釈する上で不可欠と言えるであろう。

　にもかかわらず、初期の研究においては、グロース夫人の人物像や作品の中で果たす役割について、十分な検討が加えられているとは言い難い。例えば、ガヴァネスが見たとする幽霊を、性的な抑圧によって生み出された幻覚であるとする説の先駆けとなった、Wilson の "The Ambiguity of Henry James" においても、ガヴァネスの心理の異常性を強調するために、夫人に言及はしてはいるものの、ガヴァネスと夫人との関係について、詳しい考察は見られない。また、ウィルソンの幻覚説に反論し、『ねじのひねり』をアレゴリーとして読むべきであると主張する、Fagin にしても、グロース夫人に対して余りに単純な見方を取り過ぎているという点において、大いに不満が残る。それに対して Aldrich は次のように疑念を表明する。

But is she (Mrs. Grose) so virtuous? A fresh look at Mrs. Grose suggests the possibility that she not only hates the governess but, in an effort to destroy her, supports and encourages her belief in the existence of a sinister component in what was really no more than a casual relationship between the children and two employees. (167)　　　　　　　　　　　　　（　　）内は筆者による。

『ねじのひねり』をめぐる議論が深まるにつれて、グロース夫人は新たな解釈を提示するための、一種のキーパーソンとなった感がある。古茂田はグロース夫人の果たす役割の重要性を、的確に指摘している。

　　夫人は女家庭教師がブライの屋敷の内情を引き出すためだけに存在しているのではないだろう。少なくとも夫人が召使頭の地位にいて自分の仕える子供たちに対する献身と同時にまた他方で自己の地位を守ることも考えないことはあるまい。もしジェイムズが凡庸な作家ならともかく、グロース夫人をして召使いなりの立場からもっと積極的にこのドラマの一角を担わせていないとは思えない。夫人は終始女家庭教師よりもブライの屋敷の内情を詳しく知った者として言動しているのだからその言動の不可解さを彼女の愚直さに帰す愚を犯す前にもっとグロース夫人のことを読み直してみる必要があろう。（65-66）

　本章においては、特にこの作品の前半部分のガヴァネスと夫人のやりとりに着目し、ガヴァネスが当初から夫人に対して奇妙な感情を抱いていること、またその感情がガヴァネスの発言や行動に、少なからぬ影響を与えていることを論じてみたい。

2.　グロース夫人＝悪人説

　Solomon は、シャーロック・ホームズ流の推理を駆使し、『ねじのひねり』の中で起こる出来事は、全てがグロース夫人の企みによるものであるとい

う、大胆な仮説を展開する。彼は夫人の動機を "Love and ambition" であると断じ、夫人にとって語り手のガヴァネスは、彼女からフローラを奪った邪魔者であり、フローラをガヴァネスのもとから、再び自分の手に取り戻そうと試みたのだと説明する。しかし、語り手のガヴァネスの推測が正しいならば、夫人にはフローラを教育する資格が備わっているとは到底思われない。従って、仮にガヴァネスを追い出すことに成功したとしても、彼女がフローラを独占することは不可能であると言わざるをえないであろう。

　さらにソロモンは、Peter Quint の名前を最初に口にするのがグロース夫人であることに注目し、状況を操作しているのは、実は夫人に他ならないと指摘する（239）。確かにクイントの名前は、次の場面において、唐突にグロース夫人の口から発せられている。

> My companion's face had blanched as I went on; her round eyes started and her mild mouth gaped. "A gentleman?" she gasped, confounded, stupefied: "a gentleman *he*?"
>
> "You know him then?"
>
> She visibly tried to hold herself. "But he *is* handsome?"
>
> I saw the way to help her. "Remarkably!"
>
> "And dressed——?"
>
> "In somebody's clothes. They're smart, but they're not his own."
>
> She broke into a breathless affirmative groan. "They're the master's!"
>
> I caught it up. "You *do* know him?"
>
> She faltered but a second. "Quint!" she cried.
>
> "Quint?"
>
> "Peter Quint——his own man, his valet, when he was here!" (24)

ソロモンはまた夫人の "Quint was much too free" という発言に注目し、以前クイントと夫人の間に男女の関係さえあった可能性をも示唆している。さらに、クイントの不可解な死は、実は夫人による殺人であったと大胆にも指摘し、マイルズの死以外のあらゆることが、夫人の周到な計画によるもの

であったと述べ、夫人を "most clever and desperate of Victorian villainesses" (245) と断じている。しかし、クイントと夫人との関係や、夫人によるクイントの殺人は、夫人＝悪党という前提の上に成り立つ、推論の域を出るものではなく、テクストにそれらの事実を裏付けるような証拠は見あたらない。夫人がクイントに対して、良い感情を持っていないことは、その言葉の端端にうかがわれるものの、それを殺人という重大な行為へと短絡的に結び付けている点で、ソロモンの説明は十分であるとは言いがたい。

　もっともこのような憶測が可能であるのは、人物としてのグロース夫人についての情報が極めて乏しいことにも一因がある。語り手のガヴァネスは、ブライに到着した当初から、グロース夫人が自分の着任を喜んでいることを強調するが、彼女と夫人との話題は専ら子供たちのことに限られ、夫人自身の個人的な事柄に関する話題は、皆無と言ってよい。また、恐らく立場上の問題から、ガヴァネスのブライにおける情報は、専ら夫人によるものに限られており、ガヴァネスが他の使用人から、夫人のことを聞き出した形跡もないため、夫人が謎の人物であるという印象は、ますます強調される結果となっている。

　しかし夫人が謎の多い人物であるからといって、テクストの裏付けに欠けた過剰な意味を、彼女に見いだそうとするのは問題である。また、彼女が悪党であることを主張するあまり、ソロモンの説は、ガヴァネスー被害者、グロース夫人＝加害者という図式に陥っている嫌いがある。ソロモンは、グロース夫人が異常であることを強調するあまり、ガヴァネスと夫人との関係を単純なものとして捉え過ぎているのではないだろうか。そこには加害者対被害者といった図式では捉え切れない、微妙なものが存在しているのではないだろうか。

3.　グロース夫人との一体感を求めるガヴァネス

　ガヴァネスは夫人に会った当初から、夫人が自分に対してどのような感情

を抱いているかについて、過剰なまでの関心を持っている。彼女は既に、ブライに来る途中の馬車の中で、まだ見ぬ夫人と果たしてうまくやっていくことができるのか、不安を感じている（"It was thrown in as well, from the first moment, that I should get on with Mrs. Grose in a relation over which, on my way, in the coach, I fear I had rather brooded." (7)）。動詞に "fear" という現在形が用いられていることで、この時の不安な心理が、手記をしたためている時点においても、ありありと甦るほど、深刻なものであったことが伺われる。しかしその不安は、グロース夫人が示したいんぎんな態度によって、夫人が自分の着任を心から歓迎しているに違いないという、過剰なまでの思い込みへと変化する。

> The one appearance indeed that in this early outlook might have made me shrink again was that of her being so inordinately glad to see me. I felt within half an hour that she was so glad—stout simple plain clean wholesome woman—as to be positively on her guard against showing it too much. I wondered even then a little why she should wish *not* to show it, and that, with reflection, with suspicion, might of course have made me uneasy. (7-8)

夫人を信頼するに足る人物であると考える多くの批評家が根拠とする、ガヴァネスによる夫人の人物像が、夫人と対面した日に即座に形成されたものであることは、注目に値する。また、この部分で示されている、夫人の好意に対する過剰なまでの思い込みが、時間の経過とともにさらに強まっていたことを、"even then" の部分から読み取ることが可能であろう。さらに、夫人とフローラとの最初の夕食の場面においても、次のような描写が見られる。

> It was part of what I already liked Mrs. Grose herself for, the pleasure I could see her feel in my admiration and wonder as I sat at supper with four tall candles and with my pupil, in a high chair and a bib, brightly facing me between them over bread and milk. There were naturally things that in Flora's presence could pass between us only as prodigious and gratified looks, obscure and roundabout allusions. (8)

ガヴァネスの手記の中で、Miles に比べて Frora が登場人物としての発展性
に乏しいことを、Bell は指摘する。フローラがこの作品において本当に必要
な存在であるのか、疑問視する意見さえあることも事実である。この部分の
描写は、ガヴァネスがフローラ本人に対してよりも、むしろ彼女を介した
グロース夫人との一体感を持つことに、関心があることを示すものである。
そのことは、マイルズが退学になったことを初めて話し合った直後の、次の
描写によって、さらに鮮明になる。

> I needed nothing more than this to feel the full force of Mrs. Grose's
> comparison, and, catching my pupil (Flora) in my arms, covered her with kisses
> in which there was a sob of atonement. (11)
>
> 　　　　　　　　　　　　　　　　　　　　　（　　）内は筆者による。

　この場面におけるフローラに対する過剰なまでの愛情表現は、自然な感情
の発露と言うよりも、グロース夫人の言葉によって刺激されたガヴァネス
が、この問題について、夫人と寸分たがわぬ意見を持っていることを印象付
けるための、芝居がかったものである。

4. 隠された緊張関係

　もっともグロース夫人の方はガヴァネスに対し、必ずしも同様の一体感を
抱いているわけではないことは、次の描写からうかがわれる。

> "You will be carried away by the little gentleman!"
> "Well, that, I think, is what I came for——to be carried away. I'm afraid, however,"
> 　I remember feeling the impulse to add, "I'm rather easily carried away. I was
> carried away in London!"
> I can still see Mrs. Grose's broad face as she took this in. "In Harley Street?"
> 　"In Harley Street."
> 　"Well, Miss, you're not the first——and you won't be the last."

"Oh, I've no pretensions," I could laugh, "to being the only one. My other pupil, at any rate, as I understand, comes back tomorrow?" (9)

ガヴァネスは恐らく夫人とより親密になるために、心の内に密かにしまっておいた、雇い主の紳士への恋心を、夫人に打ち明けているのである。それに対する夫人の答えは、見方によっては、ガヴァネスの恋心に冷水を浴びせるようなものである。夫人の答えの前半は、雇い主に過去の女性関係が存在したことを示唆するものであり、前任のガヴァネスもまた、雇い主の魅力にひかれていた可能性をも示すものである。さらに後半部は、ガヴァネスの夢見る、雇い主との結婚の可能性をあからさまに否定するものである。ガヴァネスが Jane Eyre にかなり影響されていることは、テクストに言及があることからも明らかであり、彼女が Jane Eyre と Rochester に、自分と雇い主とを重ね合わせていることはまず間違いない。夫人の言葉はガヴァネスの作り上げたロマンスの世界を、根本から覆すものである。[1]

夫人の発言が、かなりショッキングなものであったことは、"I could laugh" という表現から、またここでガヴァネスが唐突に話題をマイルズに戻していることから、推測可能である。この直後ガヴァネスは、マイルズの到着をフローラと共に迎えるという、客観的に考えれば些細な提案に、夫人が賛成したことに対して、次の様な反応を示す。

I forthwith wanted to know if the proper as well as the pleasant and friendly thing wouldn't therefore be that on the arrival of the public conveyance I should await him with his little sister; a proposition to which Mrs. Grose assented so heartily that I somehow took her manner as a kind of comforting pledge—never falsified, thank heaven!—that we should on every question be quite at one. Oh, she was glad I was there! (9)

夫人の同意から、ガヴァネスは過剰なまでの好意を読み取ろうとしていることが、大げさな "pledge" という語によって明らかになっている。さらに、

"never falsified" という部分により、この場面が、手記を書いている時点のガヴァネスにとっても、なお同じ意味を持ち続けていることが示されている。青木は、この作品を「成熟した語り手による未熟だった頃の自分の失敗の告白」であるとする（79）。しかし、夫人に対する描写は、年月を経てもなお、ガヴァネスにとって変わらぬ鮮明さを持つものである。夫人に対する一体感が、手記を書いている時点でのガヴァネスの心の中においても、なおありありと甦るほどの、強い影響力を持った持続的なものであることを、ジェイムズは注意深く描き込んでいるのではないだろうか。夫人に関する回想は、手記を書いている現在とのつながりが、ことさら強調されているという点において、他の登場人物に対する回想とは、極めて異質な様相を呈していると言えよう。

5. 更なる一体感を求めるガヴァネス

ガヴァネスがグロース夫人に対して求める一体感は、精神的な段階のみに留まらず、肉体的な段階にまで及んでいると考えられる。マイルズの退学問題に関し、グロース夫人はかなり神経質になっており、彼女がこの問題について深い関わりのあることが示唆されている。この問題に寄せる夫人の強い関心を利用する形で、ガヴァネスが夫人との更なる一体感を求めていることは、この問題が最初に提示された、次の場面に示されている。

> She (Mrs. Grose) smiled at my pretension to have discovered his (Miles's) charm. "I assure you, Miss, I do nothing else! What will you say then?" she immediately added.
>
> "In answer to the letter?" I had made up my mind. "Nothing at all."
>
> "And his uncle?"
>
> I was incisive. "Nothing at all."
>
> "And to the boy himself?"
>
> I was wonderful. "Nothing at all."

She gave with her apron a great wipe to her mouth. "Then I'll stand by you. We'll see it out."

"We'll see it out!" I ardently echoed, giving her my hand to make it a vow.

She held me there a moment, then, whisked up her apron again with her detached hand. "Would you mind, Miss, if I used the freedom—"

"To kiss me? No!" I took the good creature in my arms and after we had embraced like sisters felt still more fortified and indignant. (14)

（　）内は筆者による。

　グロース夫人の発言は、マイルズの退学の件を隠すことを、ガヴァネスに求める一方で、その見返りとしての協力を約束するものであり、夫人のしたたかな一面を垣間見させるものである。そのような夫人に対し、ガヴァネスは、"I was incisive" "I was wonderful" と次第に感情をエスカレートさせ、夫人との一体感に酔いしれているかのようである。

　マイルズの退学を秘密にするという約束を取りつけた夫人は、自らの目的を達成し、もうこの場に居る必要がなくなったために、"Would you mind, Miss, if I used the freedom to get to my work?" あるいは "... freedom to leave here?" と言おうとしたのではないだろうか。それに対してガヴァネスは、直前に夫人が二回口を拭う動作をしていることに刺激されて、熱烈なキスを交わすのである。ガヴァネスは、自分の言葉に対する夫人の反応を事細かに観察した上で、夫人の考えを先取りすることで、一体感を強めようとしている。しかし、一体感を得たいという気持ちが余りに強過ぎ、さらにこの場面においては、エロティックな色彩さえ帯びているがゆえに、ガヴァネスの夫人の言動に対する解釈は、過剰なものとならざるをえない。[2]

　先に引用した、クイントの名前が初めて夫人の口から発せられる場面に対しても、同様の構図を見いだすことが可能である。ガヴァネスは、自分の発言に対する夫人の反応を事細かに観察しながら、塔の上にいた男に対する想像を膨らませていく。夫人は男が紳士であるかないかという点に殊更こだわっており、ガヴァネスは夫人の不安な気持をかき立て、先取りすること

を楽しむかのように、一見紳士に見えて実はそうではない人物を作り上げていく。その結果生まれた人物像が、夫人の記憶に残っていたクイント像と、偶然に一致した結果、思わず口から出たのがクイントの名前であった、というのが真相ではないだろうか。彼の名前を耳にした後、ガヴァネスが感じているのは、幽霊に対する恐怖ではなく、夫人との一体感であること（"There had been this evening, after the revelation that left me for an hour so prostrate——there had been for either of us no attendance on any service but a little service of tears and vows, of prayers and promises, a climax to the series mutual challenges and pledges that had straightway ensued on our retreating together to the schoolroom and shutting ourselves up there to have everything out."）（25）が、このことを裏付けていると考えられる。[3]

6. 結論

　本章では、この作品の前半部分に描かれている、ガヴァネスとグロース夫人との対話の場面に注目し、ガヴァネスに夫人に対する不自然なまでの一体感を求める傾向があること、更にその傾向がこの作品を解釈する上で、少なからぬ意味を持つことを論じてきた。夫人に対する一体感を求める気持ちは、突然姿を消したフローラを大人とともに捜しに行く、次の場面にも反映している。ガヴァネスは二人の自然な関係を、羨望の眼差しで見つめている。

> Mrs. Grose was the first to break the spell: she threw herself on her knees and, drawing the child to her breast, clasped in a long embrace the little tender yielding body. While this dumb convulsion lasted I could only watch it——which I did the more intently when I saw Flora's face peep at me over our companion's shoulder. It was serious now——the flicker had left it; but it strengthened the pang with which I at that moment envied Mrs. Grose the simplicity of *her* relation. (70)

二人の抱擁を羨むガヴァネスの姿は、彼女がこれまでフローラに寄せていた愛情が、自然な感情の発露ではなかったことを、皮肉にも暗示している．彼女が取りつかれているのは、夫人に求めてきた一体感を、彼女ではなくフローラが達成していることに対する嫉妬心なのである。ガヴァネスが夫人とフローラが屋敷を出ることをあっさりと承諾し、残されたマイルズに対して、若い新婚夫婦のような恥じらいを感じ（81）、クイントの幽霊からマイルズを守るという理由で、彼を死に至らしめたとも解釈される抱擁によって、異常とも言える肉体的な一体感を求めようとした行為も、夫人に対して求めた一体感が失われたことを、埋め合わせる意味があったと考えられるのではないだろうか。

　この作品におけるガヴァネスの心理や行動の裏に、ハーリー・ストリートに住む雇い主に対する恋心があることは、疑問の余地がない。しかし、そのような思いと拮抗する、グロース夫人に対する過剰な一体感を求める強い欲求が、冒頭の部分から結末に至るまで、ガヴァネスに一貫して存在していることを、作品を論ずる上で見逃してはならないであろう。

第 7 章 「アスパンの恋文」におけるホモ・エロティックな欲望

1. はじめに

　"The Aspern Papers"（1888）を論ずる際、芸術家の人生のどこまでが批評家として立ち入ることの許される範囲であるのか、どこからが個人のプライバシーの詮索になるのかという深刻な問題が、今日に至るまでしばしば取り上げられてきた。その一方で、例えば Stein のように、語り手が風刺の対象になっていることを指摘し、この作品の喜劇的な面に着目する見解も早くから存在する。さらに、1985 年の Sedgwick による *Between Men: English Literature and Male Homosocial Desire* を契機として、「アスパンの恋文」のみならず、"The Pupil"（1891）、"The Lesson of the Master"（1888）、The Author of Beltraffio"（1884）、"The Death of the Lion"（1894）といった、いわゆる「芸術家もの」という範疇に分類されてきた作品群を、芸術家とその熱烈な崇拝者との間の、男性同士の感情的・精神的な結びつきに着目し、読み解こうとする流れがある。

　本章では、これまで取り上げられることの少なかった、語り手の共同研究者である John Cumnor の果たす役割に注目する。さらに、アスパンの恋文を巡る語り手の言動の背後に存在する、語り手と語り手によって理想化されたアスパンとの、心地よい夢想の世界に焦点をあてて、この作品を論じてみたい。

2. 語り手にまつわるさまざまな問題点

　語り手が女性全般に対して抜きさしならぬ偏見を抱いていることは、多くの研究者によって指摘されている。例えば Kappeler は、冒頭における Mrs. Prest についての描写を分析し、語り手の物の考え方の根底に、女性を一つ

の概念で一般化して捉えようとする傾向があること、女性を受動的で、行動力を欠いた存在であると見なす傾向があることを指摘する（28）。また、Cannon は、語り手のミス・ボルドローを非難する発言を取り上げ、語り手が女性に対し、言葉による暴力をふるっていると述べ、さらにミス・ティータに対しては、彼女の人格を傷付けているという点において、暴力的であるとする（48）。

　女性に対してかなり歪んだ見解を持つ一方、語り手は男性に対しても特別な考え方を示している。そのような考え方は、語り手と同じようにアスパンの研究者である、ジョン・カムナーに関する次の記述からうかがい知ることができる。

　　私が思うに、世間はジェフリー・アスパンを評価したのであるが、彼を最も高く評価したのはカムナーと私であった。今日では多くの人々が彼の神殿に集う。しかし、その神殿に関して、彼と私は自分たちがその司祭であると考えていた。私が思うに、私達は彼の思い出のために、その生涯に光を当てることによって、ほかの誰よりも多くのことをしてきたのであった。彼は私達に対して、何も恐れることはなかった。というのは、彼は真実を何も恐れることがなかったからである。そしてその真実とは、私達が遥か後世に、興味をもって確立することができるものであった。（114）

　ここでまず目につくのは、語り手とカムナーとの間に、少なくとも語り手が存在すると考えている、強固な絆である。語り手は自分たちを神殿を守る司祭に例え、理想化すると同時に、多くのアスパン信奉者の頂点に位置づけている。また、アスパンを研究する目的に関しても、二人の間には寸分の食い違いも存在しないことが、「私達」を主語とする文が頻繁に用いられていることにより示されている。

　さらに、語り手がアスパンについて語る時に用いる「世間」「多くの人々」といった表現は、次の部分と照らし合わせてみると、限定された人々を意味していることが明かになる。

　私が最も強く言ったのは、彼（アスパン）が女性向きの詩人ではなかったこ
とは、疑う余地がないということであった。それに対し、彼女（プレスト夫
人）は即座に、彼は少なくとも、ミス・ボルドローの詩人だったではありま
せんかと答えた。(113)

語り手はどうやらアスパン愛好者を、男性に限定したがっているようである。
ここに、語り手・カムナーを頂点とした、男性のみによって成り立つ閉じら
れたアスパン崇拝者たちの理想化された世界を、語り手が思い描いているこ
とが浮かび上がってくる。

3.　アスパン、語り手、ジョン・カムナーの形成する三角関係

　アスパンを中心に、語り手、カムナーの形成する三角関係は、一見調和の
とれた安定したものである印象を与える。語り手は、批評家として独自の見
解を主張するよりも、カムナーと同一の考え方をすることに、喜びを見いだ
している様子さえ見受けられる。さらに、二人のアスパンを研究する目的の
一つが、語り手が言うには、生前のアスパンの女性関係について、何もやま
しいことがなかったことを証明することにあった、という点は注目するに値
する。二人のこのような考え方は、アスパンを理想化しようとするゆえに生
じたものであるが、見方をかえるならば、アスパンの生涯から女性を排除し、
カムナーと語り手、さらに彼等の下に位置する男性信奉者の閉じられた世界
へと、囲い込もうとする試みであると解釈することが可能であろう。
　しかし、カムナーと語り手による調査によって明らかにされたアスパンの
生涯は、数多くの女性たちとの恋愛沙汰に彩られたものであった。プレスト
夫人が指摘するように、生前のアスパンはまさしく女性の詩人だったのであ
る。語り手とカムナーは、一つ一つの事例を調査し、少なくともミス・ボル
ドロー以外の女性に関するかぎり、アスパンの側に非難される理由はなかっ
たという結論に達する。さらに、語り手は次の部分でむしろアスパンこそが

女性たちの被害者であった、という見解を示している。

> プレスト夫人に言ったように、今風の言い方をするならば、アスパンは女性の詩人ではなかった。しかし、彼の肉声が彼の歌と混ざり合っていた時代においては、状況は異なっていた。あらゆる証拠から判断すると、彼の声はこの上なく甘美なものの一つであった。彼と女たちとの間でやりとりされた、手紙を最初に調べたときに、私の口から「オルフェウスとメナードたちよ」という感嘆の声がもれた。メナードたちのほとんど全てが分別を欠いており、彼女らの多くは耐えられないような代物であった。(114)

語り手は、アスパンと係わりのあった女たちを、Orpheus と Maenad のメタファーを用いて表現している。ここでオルフェウスに対する言及が行われていることについては、さまざまな解釈がなされてきた[1]。本論では、語り手がこのメタフアーを用いることによって、読者を自らが望む解釈へ誘おうとしているのではないか、という観点から論じてみたい。

まず注目すべきは、語り手がアスパンと女たちとの関係を、オルフェウスとメナードに例えることによって歪曲しようとしていることである。女性たちの方が積極的であったにせよ、アスパンと彼女等の間には恋愛感情が存在していた可能性がある。ところがギリシャ神話において、オルフェウスとメナード達の関係は、恋愛とは到底呼べるものではない。オルフェウスは、最愛の妻エウリュディケーを失った後、女性、特にその肉体的な側面に対して激しい嫌悪を示すようになる。彼はバッカスの巫女メナードたちの性的奔放さを容赦なく批判し、その結果彼女らの逆鱗に触れて虐殺されたのである。語り手の用いる比喩は女性たちの官能性を強調し、そのような女性たちの犠牲者としてのアスパンを、殊更に強調する効果をもたらしていると言えよう。

Dijkstra はオルフェウスが一九世紀後期の芸術家と知識人にとって、彼等の役割の完璧な雛形であったこと、物質に対する精神の、また動物的自我に対する進化した男性の頭脳の勝利を表す、理想的な象徴であったことを指摘

する（380）。語り手は、当時そのような形で人口に膾炙していた、オルフェウスのメタファーを用いることによって、アスパン自身の精神性を強調する一方、彼の肉体性を隠蔽し、言わば理想の芸術家に仕立て上げようとしているという解釈が可能ではないだろうか。[2]

　先に指摘した語り手とジョン・カムナーとの関係もまた、アスパンの研究という、知的な分野において成り立っているものである。語り手のカムナーに対する言及は、アスパンの共同研究者としての側面に限定されており、彼の人となりを知る手がかりは、極めて少ないと言わざるをえない。そして語り手は、アスパン研究においてカムナーとの基本姿勢が、極めて類似していることを随所でプレスト夫人に語り、二人の同質性を強調する。

　このことは、アスパン・語り手・カムナーの関係を理解する上で、重要である。先に指摘したように語り手はアスパンの生涯、及び彼の作品の読者から女性を排除することにより、アスパンを頂点とする男性のみの、精神的な絆によって結ばれた、特異な世界を作り出すことを志向している。さらにそのような世界のなかにおいて、自分とカムナーが、他の信奉者に対して、遥かにアスパンに親しい存在であると言う主張を展開し、アスパンを中心とする男性三人の、精神的な絆によって結ばれた理想の世界の構築を試みている。

　語り手がカムナーとの同一性を強調することによって、この三角関係は、一見安定した調和の取れたものである印象を与える。ところが、アスパンに対する両者の見解は、完全に一致しているわけではないことも語り手によって示唆されている。カムナーとの同質性を強調する一方で、語り手は自分の方がアスパンに親しい存在であることを、「恐らく私の方が、友人よりも彼（アスパン）により甘い態度をとっていたのである」（114）という部分において、強調することを忘れてはいない。さらに、ミス・ボルドローがアスパンにどのようにして出合ったのかという問題について、それまで完璧なまでに一致していた二人の見解が、真っ向から対立するに至っていることは、注目に値する。カムナーの推測は以下のようなものである。

カムナーの説は、彼女（ミス・ボルドロー）はある家のガヴァネスをしていたというものであった。その家を詩人（アスパン）が訪問したのであるが、立場上二人の関係には、当初から公言できない、何か隠し立てするようなものがあった（135-136）　（　　）内は筆者による。

カムナーの説は、シャーロット・ブロンテの『ジェーン・エア』を始めとするイギリス文学における、ガヴァネス小説の伝統を彷彿させる、極めてイギリス人らしい解釈である。それに対して、語り手は次のような仮説を立てている。

一方、私はちょっとしたロマンスを考えていた。この説によれば、彼女（ミス・ボルドロー）は、画家や彫刻家といった類の、芸術家の娘であった。彼女の父親は、今世紀の初めに由緒ある場で学ぶために、アメリカを去ったのであった。（136）　（　　）内は筆者による。

カムナーの説が、イギリスにおける階級制度や、当時の中産階級の女性が置かれていた社会的状況を考慮した、現実的なものであるのに対し、語り手の仮説は、極めてアメリカ人らしい、旧世界の芸術・文化に対する憧憬に基づいた、ロマンティックなものであると言えよう。

語り手がアスパンについて語る際に、自らをアメリカ人として強く認識していることは重要である。カムナーとの同質性を強く主張しておきながら、アスパンと同国人であり、アスパンが芸術家として常に意識していたであろう、アメリカに芸術を育てる土壌がなかったということを、自らも理解しているという、まさにその点において、語り手はカムナーとの差異化を計ろうとしているのではないだろうか。このような観点から考察すると、この作品を論ずる際に必ずと言ってよいほど問題とされる、次の部分に対する新たな解釈が可能であると考えられる。

彼（アスパン）がヨーロッパを知ってしまったことを残念に思う気がするこ

とさえあった。ヨーロッパでの経験がもしなかったとしたならば、どんなものを書いたのか、見てみたいと思っただろう。ヨーロッパを知らないことにより、彼がより芸術家として高められたであろうことは、明白なのである。（137）（　）内は筆者による。

アスパンがヨーロッパを知ったことをしきりに嘆く語り手の発言については、アスパンとミス・ボルドローを含む女性たちとのロマンスの主な舞台が、ヨーロッパであったことを思い起こす必要があるだろう。アスパンの生涯から女性たちを排除しようとする傾向を考え併せれば、アスパンをヨーロッパの女性たちから引きはなそうと願う、語り手の深層心理の現れと解釈することが可能ではないだろうか。

　さらに、語り手がアスパンのアメリカの芸術家としての側面を強調することにより、イギリス人であるカムナーには、理解不可能な存在にしようと意図している、という解釈も成り立つように思われる。語り手はアスパンをアメリカが生んだ偉大な詩人として次のように賞賛する。

　　何と言っても、アスパンは人生の大部分をアメリカですごしたのであり、当時の人が言ったように、彼の詩的霊感は本質的にアメリカ人のものなのである。我々の祖国がむきだしで、未熟で、田舎臭かった時代、現在欠けているとされているあの有名な「雰囲気」が、欠けていることすら分からなかった時代、文学が孤立し、芸術の技法や表現形式が不可能に近かった時代、彼は先駆者の一人にふさわしく、文筆で生活する術を見いだしたのであった。思うがままに、多方面にわたって、全く臆することなく、あらゆる物を感じ、理解し、表現したのである。私がそもそも彼のことを好きになったのは、このような理由からである。（137）

　Booth は、この部分については、語り手がジェイムズ自身のテーマを語る、信頼できるスポークスマンであると指摘する（360）。しかしカペラーのように、語り手の狂信的とも言える愛国心を指摘する立場もある（26）。我々は

すでに女性との関係において、語り手が巧妙にアスパンの生涯を自らの解釈で染め上げるのを目にしてきた。「思うがままに」「全く臆することなく」という部分には、アスパンの女性に対する振舞を、ひたすら正当化しようとする語り手の戦略が見え隠れしているとも考えられる。さらに、アスパンが具体的に、何を感じ、何を理解し、何を表現しようとしたのかという重大な問題を、語り手は語ろうとはしていない。語り手のアスパンに対する賞賛には批判的な視点が全く欠落していると言わざるをえず、ジェイムズ自身の考え方の反映と見なすことは、困難であると言えよう。語り手が、アスパンがアメリカの生み出した芸術家であることに、ここまで執着することの背後には、アメリカ人である自分にしか彼を正当に評価することはできないのだ、という一種傲りにも似た感情が潜んでいるのではないだろうか。

4. 他者の欲望を模倣する語り手

　微妙な要素をはらんだカムナーと語り手の関係は、不思議にも第二章以降では、ミス・ボルドローの出生に関する記述など数箇所で言及されているだけである。第一章の終わりの部分で、語り手はプレスト夫人に対し、「ともかく、ジョン・カムナーは、女主人気付けの私の偽の名前のアドレスを、手紙攻めにするでしょう。」（118）と言い、計画を進めるに当って、カムナーとの連絡を密にすることを示唆している。ところが、第二章以降において、カムナーから手紙を受け取ったという記述は見当らず、語り手自身の手紙に関する言及も一切見られない。アスパンの恋文を入手することについては、当初カムナーが率先して動いていたと考えるのが妥当であると思われる。ミス・ボルドローにアスパンの手紙の存否を問い合わせる手紙を書いたのは、カムナーが単独に行ったことであり、送られてきた手紙の中の「ミスター・アスパン」という表現に注目し、彼女がアスパンと親密な関係にあったに違いない、と推理したのもまたカムナーである。その彼が語り手に何の問い合わせもせず、また語り手が何の報告もしないというのは、極めて不自然であ

ると言わざるをえない。

　語り手は、自分のアスパンにささげられた賛美の念が、あくまで自発的であることを強調する。しかし、当初この計画がカムナー主導で行われていたことを考えあわせれば、語り手がアスパンに対して捧げる情熱は、カムナーの情熱の一種の模倣である、と考えられるのではないだろうか。Girald は、欲望する主体と欲望される対象との間に、主体が模倣する媒体の存在があることを指摘している（2）。さらにジラールは、主体との精神的な距離によって媒体を、外的媒体と内的媒体に分類する。この作品における欲望する主体は語り手であり、欲望される対象がアスパンであることは、異論がないであろう。語り手のアスパンに向ける情熱が、カムナーのそれの模倣であるならば、欲望の媒体はカムナーである。すでに指摘したように、語り手とカムナーは、共同研究者として、極めて似通った特性を示しているという点で、カムナーは内的媒体であると言える。ジラールの指摘によると外的媒体の場合には、主人公は自己の欲望の真実の性格を声高に公表してはばからないのに対し、内的媒体の場合には模倣しようとする意図を、ひた隠しにする傾向があると言う。このように考えていくと、カムナーに対する言及が、第二章以降途切れ、結末の部分においても、ロンドンでプレスト夫人に再会したことは記されているにもかかわらず、一連の出来事にカムナーがどのような反応を示したかに関しては、語り手が口を閉ざしたまま語ろうとはしない事の説明が可能となる。この事実は逆に、語り手の意識にカムナーがいかに大きな影響を及ぼしていたか、ということを示すものである。

　語り手が媒体を模倣することにより、欲望する主体となることは、他の人物との関係を考察する際にも浮かび上がってくる。例えば、語り手は想像の中でアスパンの霊に次のように語らせている。

　　「彼女を大目にみてやってくれ。彼女が偏見を持っているのは、仕方のないことなんだ。時間を与えさえすればいいのだ。君には奇妙に思えるかもしれないが、1820 年には、とても魅力的な女性だったのだよ。僕たちは、共にヴェ

> ニスにいるじゃないか。親しい友人が会う場所として、ここほどふさわしい
> ところが他にあるだろうか。夏の訪れとともに、この街が輝く様を見たま
> え。空と、海と、薔薇色の空気と、邸宅の壁の大理石が、かすかにゆらめき、
> 溶け合う様を見たまえ。」(133)

心地よい夢想の中で、語り手はアスパンがミス・ボルドローに注いだ欲望
を、模倣しているのである。ただこの部分で強調されているのは、欲望され
る対象ではなく、欲望するする主体（語り手）と媒体（アスパン）との、心
地よい一体感である[3]。

　さらに、語り手がミス・ティータに注ぐ視線も、模倣であることは次の部
分からうかがわれる。七月半ばのある夜、普段より早く帰宅した語り手は、
『ロミオとジュリエット』のバルコニーの場面を連想し、次のように述べて
いる。

> ジュリアーナは、若かった頃、夏の夜に明け放たれた窓から、ジェフリー・
> アスパンに向かって恋をささやいたのかもしれない。しかし、私が詩人では
> ないのと同じく、ミス・ティータも詩人の愛人ではない。(138)

語り手がミス・ティータに接近するのは、もちろん第一章でプレスト夫人に
明らかにしているように、アスパンの伝記作家である自分の正体を隠すため
である。しかし、この部分は語り手がアスパンとミス・ボルドローとの関係
を、模倣する形で自分とミス・ティータとの関係を捉えていることを、示唆
するものとなっている。

　語り手の模倣するアスパンは、語り手が自らの願望を投影し、理想化した
存在である。したがって、語り手がアスパンを模倣することは、心地よい夢
想の世界の中における、語り手とアスパンの一体化を意味する。このことは、
ミス・ティータの求婚という、語り手の心地よい夢想の世界を根底から揺る
がす事態に際して、より明確なものとなる。

　私は小さな肖像画の中のジェフリー・アスパンの顔を見つめた。それは、対話の相手であるミス・ティータと目を合わさないためでもあった。彼女は私を苦しめはじめ、少し恐れさえ感じさせ始めていた。はにかんだ、今までに見たことがない表情を浮かべていたのである。私は最後の発言には答えず、密かに目配せをして、アスパンの魅力的な瞳（若々しく、キラキラと輝いていたが、思慮深く、洞察力に富む瞳であった）に意見を求めた。いったいミス・ティータに何が起こったのか、尋ねたのであった。あたかも私の置かれた状況を面白がっているかのように、親しみのこもった、茶化すような微笑みが、彼の顔に浮かんでいるように思われた。私は彼のために、大変な苦境に陥ったのであった。まるで彼の求めに応じたかのようであった。彼を知って以来、初めて彼のことが不満に感じられた。（180）

　語り手は、心地よい夢想の世界を脅かすミス・ティータから逃れようと、夢想の世界の中のアスパンにすがろうとする。しかし、アスパンはもはやその役割を果たそうとはしない。身内になれば手紙を好きなように扱っても構わない、と懇願するミス・ティータから目をそらし、語り手は再びアスパンの肖像画に目をやる。ところが、彼がアスパンの肖像に見いだしたのは、「見たこともない」表情のみであった。

　自らが作り上げた、理想化された欲望の媒体（すなわちアスパン）を、模倣することによって構築されてきた、語り手の心地よい夢想の世界はここに崩壊し、語り手は茫然自失の体でヴェニスをあちこちとさまよい歩くこととなる。語り手が断片的に次の場面を回想しているのは、興味をひく。彼はサン・ジョヴァンニ・エ・パオロ教会の前に立ち、傭兵隊長 Bartolommeo Colleoni の銅像を見上げながら、次のような行動をとる。

　私はただ勝ち誇った傭兵隊長の姿を、まるで彼の口から啓示がこぼれ落ちるのを待っているかのように、じっと見つめていただけであった。この時間、西日が彼のいかめしい顔に照りつけ、まるで生きている人間のように見えた。しかし、彼は私の頭越しに、赤い夕日が沈むのを眺め続けていた。彼は

　何世紀にもわたって幾度となく、夕日が潟に沈む光景を目にしてきたのである。戦や戦術について考えを巡らせていたのかもしれないが、私が聞きたかったのはそんなことではない。彼を見上げていても、何の指示も得られなかった。(184)

アスパンとの心地よい夢想の世界を失い、今またコレオーニの銅像にさえすがろうとする語り手の姿の描写は、哀れさを通り越して滑稽ささえ感じさせるものとなっている。

5.　結論　心地よい夢想の世界の終焉

　本論では、カムナーとの関係を手がかりとして、語り手が他者の欲望を模倣することにより、自らが作り出した夢想の中で、アスパンとの心地よい一体感を楽しんでいることを論じてきた。語り手にとって、理想化されたアスパンとの一体感が並々ならぬ意味を持っていたことは、ミス・ティータという生身の女性の侵入によって、夢想が崩壊した後の、茫然自失した様子によって逆に強調される結果となっている。

　語り手は何故アスパンとの夢想の世界に、ここまでこだわる必要があったのだろうか。語り手がアスパンの読者から女性を排除しようとしていたこと、研究者としてカムナーとの一体感をプレスト夫人に対して度々強調していたこと、語り手の夢想が理想化された芸術家としてのアスパンとの、精神的な一体感を志向するものであることなどを考え併せれば、語り手にはホモエロティックな傾向があり、そのことが一因となっていると推測できる。

　さらに、語り手が自らの男性性に不安を感じており、その不安を解消するためにアスパンとの一体感をしきりに求めている、という解釈が可能であると考えられる。カノンは、語り手が持つ男性のイメージは、*Roderick Hudson* の Roland Mallet の場合のような父のイメージではなく、征服者としての学者のイメージであり、語り手が学者としての自分の生活を英雄的なも

のとして、誇張して描いていることを指摘する（47）。語り手が男らしさに並々ならぬこだわりをもっていることは、ミス・ボルドローとの次のやりとりからもうかがわれるであろう。

> 「花を他にどうなさるつもりなのですか。部屋を花で飾り立てるのは、男らしい趣味ではありませんね」と老婦人は言った。
> 「私は部屋を花で飾り立てたりはしませんが、花を育てること、花が育っていく様子を眺めることが大好きなのです。それは男らしくないことでは全くありません。花を育てることはこれまでも、哲学者や引退した政治家の娯楽でした。偉大な将軍でさえ、花を育てることを趣味にしていたのではないでしょうか。」（148）

語り手が、ミス・ティータの求婚により茫然自失した際語りかける、傭兵隊長コレオーニの銅像は、彼がしばしば女性たちに対して戦争のメタファーを用いることを考えあわせれば、男らしさの象徴と解釈することが可能であろう。さらに、語り手がローマ帝国の哲人皇帝マルクス・アウレリウスに言及しているのも興味深い。哲学者、政治家は、語り手が男らしい存在の代表と考えていたものであった。アスパンと一体化することで男らしさを追求しようとした語り手の試みは、結局ミス・ティータの前にもろくも崩れ去ったことになる。

　語り手にとってのアイデンティティとも言うべき、夢想の世界を根底から覆すミス・ティータの姿と、その前になす術もなく、翻弄され、圧倒される哀れな語り手の姿を対照的に浮かび上がらせることで、この作品は終わっている。ジェイムズは、語り手が心地よい夢想の世界を作り上げていく過程を入念に書き込んだ上で、それが排除しようとしていたはずの生身の女性によって、いとも簡単に崩れ去るものであることを、皮肉を込めて描いてみせたのではないだろうか。

第２部　レイモンド・カーヴァー編

第1章 「コンパートメント」における心理の揺れ

1. はじめに

　"The Compartment" は、カーヴァーの短編小説集の中で、最も充実している
とされる *Cathedral*（1983）に収められた作品である。主人公 Myers は
8 年前に妻とのいさかいの最中、自分のひとり息子が妻の側に立ち、父親で
ある自分に対して暴力を振るおうとし、彼自身もそれに対して暴力をもって
応じた事件によって、家族と別れ孤独に暮らす中年男である。マイヤーズは
息子とのふとした手紙のやりとりを契機に、息子の留学先であるフランスの
都市 Strasbourg へ、休暇を利用したヨーロッパ旅行の途中に立ち寄る計画を
立てる。Strasbourg へと向かう列車の一等客室の中で、マイヤーズの胸中に
去来する、様々な思いを軸にテクストは展開していく。語りは物語世界外に
いる語り手によるものであるが、語りの焦点はあくまでマイヤーズにあり、
考え方に片寄りがあり、外界あるいは自らの内面に対しても、限られた理解
力しか持たない人物の目を通して写し出された世界が、読者の前に提示さ
れる。さらに、マイヤーズの内面は直接語られるのではなく、客室内の状
況や車窓に映る情景を通じて、間接的に読者へと伝達されることとなる[1]。
従って、読者は不完全なマイヤーズの思考を再構築しつつ、さりげない描写
の深層に潜むものを注意深く掘り起こすことを要求される。
　本章では、ともすれば単純化され過ぎるきらいのあった[2]、マイヤーズの
息子に対する心理の揺らぎに焦点を当て、読者に向かって開かれたテクスト
の一つの読みの可能性を提示してみたい。

2. マイヤーズの息子に対する感情

　マイヤーズが息子に対して複雑な感情を抱いていることは、テクストの冒

頭から既に仄めかされている。第1パラグラフで息子はまず、"his son" という呼称で言及されるが、この呼称はその直後に "the boy" という、心理的な距離を感じさせる呼称に取って代わられている（以降、このパラグラフでは、息子は専ら "the boy" と表現されている）。

　このパターンは第2パラグラフでも、そのまま踏襲されている。特に、第1センテンスは "The last time Myers had seen his son, the boy had lunged for him during a violent quarrel" と、二つの呼称が混在する形となっており、マイヤーズの息子に対する分裂した思いがあることを、前景化させる効果をもたらしていると言えよう。以下自分に挑みかかってくる息子には "the boy" という呼称が、さらに彼の腕の中でもがく息子は "He slammed him into the wall and threatened to kill him" の部分に見られるように、一貫して代名詞が用いられている。更なる心理的な距離の広がりを表すものである、と考えることが可能であろう。

　第1、第2パラグラフにおいては、マイヤーズの別れた妻に対する思いもまた、呼称によって伺い知ることができる。第1パラグラフの前半部分で、妻は "since Myers and the boy's mother had gone their separate ways" の部分において、心理的な距離を示す呼称である、"the boy" の母親として、読者に提示されている。ここでは、マイヤーズ対息子・母親という、対立の図式が成り立っていると言える。ところが、その直後の "The final breakup was hastened along, Myers always believed, by the boy's malign interference in their personal affairs" の表現によって、マイヤーズと妻との、個人的な事柄に介入する息子（their がマイヤーズと妻を指すことは、議論の余地がないであろう）、即ちマイヤーズ・妻対息子という構図が存在することが暗示されている。夫婦の個人的な事柄に介入する息子という図式は、家庭が崩壊する原因となった、あの出来事をマイヤーズが回想する、第2パラグラフに引き継がれている。恐らくカーヴァーは周到な計算に基づいて、マイヤーズの息子に対する感情がこの上なく不安定なものであること、妻に対する思いが、息子に対する感情と分かちがたく結び付いていることを、呼称によって読者に提示しているのである。

　第3パラグラフでは、このような感情の主体である、マイヤーズ自身の内面が描写されている。彼は現在の自分があの事件の頃の自分とは、全く別の人物になっていると考え（"He was simply not that same person" (48)）、クラシック音楽と、水鳥の模型に関する本を読むことを趣味とする、孤独で静かな生活を送っていることが述べられている。確かにこの部分に関しては、自己制御によって暴力的な自分を抑圧した人為的状況とする読みも確かに成立するであろうが[3]、そのような状況をマイヤーズが何故つくりださざるを得なかったのか、という理由について考察しておく必要があると思われる。

　マイヤーズは息子との出来事以来、自分が全く以前とは変わったと、思わざるを得なかったのではないであろうか。既に第2パラグラフの "He remembered himself shouting" の部分によって、過去の自分を現在の自分の視点から、客観的に見ようとする傾向が認められるように（このような態度を以下客体化と呼ぶことにする）、過去と現在とを切り離すことによって、マイヤーズは辛うじて家族の崩壊劇を思い返すことが可能なのである。言い換えれば、息子との暴力沙汰は現在の彼をなお脅かすほど、拭いがたい出来事であり、マイヤーズは現在の自分を過去の自分から断ち切ることにより、忌まわしいあの事件を過去の出来事として辛うじて客体化し、衝撃が現在の自分に及ぶことを避けようとしたのである。マイヤーズが過去を回想する際、"the boy" という呼称を一貫して用いていることも、心理的な距離を取ることにより、息子の存在を客体化するという観点から捉え直すことが可能であろう。マイヤーズは、過去を現在から切り離すことにより、過去にとらわれない息子、あるいは妻との関係を模索しようとしたのではないだろうか。Nesset は、カーヴァーの作品では、登場人物の多くが、失敗が避けられないということを自覚しているにもかかわらず、絶望的には描かれていないと指摘するが（294）、マイヤーズもまたこの段階においては、絶望の世界の住人ではないと言えよう。

　マイヤーズの複雑な内面は、車窓から目にする風景に対して抱く想いにも、反映されている。

It was early in the morning and mist hung over the green fields that passed by outside. Now and then Myers saw a farmhouse and its outbuildings, everything surrounded by a wall. He thought this might be a good way to live — in an old house surrounded by a wall. (48)

確かにマイヤーズは、壁に囲まれた暮らしに対する憧れを繰り返し語っており、先に考察した現在の自己に対する認識と考え併せれば、外界との接触を嫌う傾向があることは否めない。しかしこの部分はまた、Strasbourg に近付くにつれて車窓から広がる殺伐とした都市の風景と、際だった対照をなしているのである。のどかな自然の中で、古い、大きな農家に住んでみたいという彼の願いの中に、読者は何とかして家庭を回復し、平穏な日常生活に戻りたいという、切実な願望を読み取ることが可能ではないだろうか。

　そもそも彼が、殊更、壁にこだわり続けることの背後には、息子とのいさかいという、暴力的であるがゆえに直接的である、拭い去りがたい出来事が存在しているのである。マイヤーズは恐らく、あの出来事以来、他者と直接的に係わることに対する、恐怖心を抱くに至ったのであろう（他者と係わることに対する当惑感は、同じ客室の男に対するマイヤーズの態度からも伺い知ることができる）。他者との交わりに際して困惑する様子は、息子との再会を間近に控え、どのように振る舞うべきなのかマイヤーズが想い悩む、次の場面に端的に示されている。

He stayed awake after that and began to think of the meeting with his son, which was now only a few hours away. How would he act when he saw the boy at the station? Should he embrace him? He felt uncomfortable with that prospect. Or should he merely offer his hand, smile as if these eight years had never occurred, and then pat the boy on the shoulder? Maybe the boy would say a few words — I'm glad to see you — how was your trip? And Myers would say — something. He really didn't know what he was going to say. (49-50)

　第3センテンス、及び第5センテンスからは、再会した息子にどのように接触すべきか、過剰なまでに神経質になっているマイヤーズの心理状態を読み取ることができる。また第8センテンスによって、マイヤーズはカーヴァーの他の多くの作品の登場人物と同様、言語によるコミュニケーションを取ることにも、極めて困難な状況に置かれていることが、明確に示されていると言えよう。

　さらに引用部分において注目すべきは、語りのパターンの変化である。物語世界外にいる語り手が、マイヤーズを焦点として、物語内容を語るという語りが変化し、描出話法による描写が用いられている。また，描出話法のセンテンスとセンテンスの間に、通常の語り（第4センテンス）が挿入されていることにも、着目すべきであると考えられる。挿入された部分は明らかに前後の部分とは異質な、マイヤーズのプライドが高く、冷めた一面を反映したものである。愛情とプライドとの間で揺れる心理を、話法の対比によって描き分けた、カーヴァーの筆の冴えを感じさせる部分である。

3.　息子との離別

　マイヤーズが別れた息子に会おうとするきっかけとなったのは、息子の方から送られてきた手紙が、"Love" という言葉で終わっていたためであった。この紋切り型の表現に、彼は息子の父親に対する愛情を見いだそうとし、次のような反応を示す。

> Finally, he'd answered the letter. After some deliberation, Myers wrote to say he had been thinking for some time of making a little trip to Europe. Would the boy like to meet him at the station in Strasbourg? He signed his letter, "Love, Dad". He'd heard back from the boy and then he made his arrangements. (51)

熟慮の結果、マイヤーズは息子に対し、いつかヨーロッパ旅行に行く計画をしているという、遠回しな表現の返事を書く。しかし彼の真意は、息子は果

たして自分と会ってくれるだろうか、という描出話法の部分にあることは明らかであろう。8年の歳月を経て、息子が再び自分を父親と認めてくれるだろうかという不安は、用いられている呼称にも反映されている。まず "his son" という呼称が使われ、その後は一貫して "the boy" を用いるという従来のパターンと異なり、ここでは、"the boy" のみが用いられ、しかも頻繁に現れる（1パラグラフ中5ケ所）。8年前の事件の時には、息子をあたかも自己の所有物であり、生殺与奪の権を握っているかの如く見做していたマイヤーズが、息子に対して "son" という呼称を使うことをためらうほど、親子の絆に自信を持つことができなくなっているのは、大きな変化であり、マイヤーズの不安な心理状態を如実に示すものであろう。

さらにこのヨーロッパ旅行をきっかけに、世俗から超然とした一見静かな生活が、実はこの上なく孤独なものであったという認識にマイヤーズが至ることは、注目すべきである。彼の孤独感は、旅の第一訪問地であるローマで明らかになる。"He'd gone first to Rome. But after the first few hours, walking around by himself on the streets, he was sorry he hadn't arranged to be with a group. He was lonely." (51) の描写には、マイヤーズ特有のプライドは微塵も感じられず、赤裸々な孤独感が吐露されている。第二の訪問地、ヴェニスに関する回想は短いものながら、彼の孤独感が妻と結び付いていることを暗示する、興味深いものとなっている（"He went to Venice, a city he and his wife had always talked of visiting. But Venice was a disappointment. He saw a man with one arm eating fried squid, and there were grimy, water-stained buildings everywhere he looked" (51)）。

これらはトイレで用を足すマイヤーズの脳裏をよぎった想いとして、読者に提示されている。息子や妻に対する気持ちは直接には語られてはいないものの、それらを想像するのは容易であろう。恐らくこの瞬間こそ、このテクストにおけるマイヤーズの家族を回復したいと願う気持ちが、大きな高まりに達しているのである。

4. 突然の変化

　家庭を回復しようと願う気持ちの高まりは、客室に残したコートの内ポケットに入れてあった、息子への土産である、高価な日本製の腕時計を盗まれたことをきっかけに、一気に失われることになる。替わってマイヤーズを支配するのは、息子へのむき出しの敵意であった。この敵意は，カーヴァーの他の多くの作品に見られるように、予期せぬ出来事によって衝動的に生じるものであり、登場人物の抑圧されていた心情をあらわにするものである[4]。既にこのテクストの最初のパラグラフに内包されており、家族回復の想いによって抑圧されてきた息子への敵意が、この部分において噴出しているのは確かであろう。しかしそれをマイヤーズがこの旅において達した、最終的な自己認識であると断定するには疑問が残る。

　息子への敵意は、まず次の様な記述によって、明らかにされる。

> It came to him that he didn't want to see the boy after all. He was shocked by this realization and for a moment felt diminished by the meanness of it. He shook his head. In a lifetime of foolish actions, this trip was possibly the most foolish thing he'd ever done. But the fact was, he really had no desire to see this boy whose behavior had long ago isolated him from Myers's affections. He suddenly, and with great clarity, recalled the boy's face when he had lunged that time, and a wave of bitterness passed over Myers. (54)

確かに、息子に会いたくないという想いは、唐突に彼の内面に湧き起こる。しかし、引用部においては、その衝動を客観的に捉えようとする、マイヤーズ自身のもう一つの視点が確かに存在している。彼は自分の考えの下劣さに、ショックを受け愕然とするのである。しかし「首を振る」動作を境に、衝動を相対化する視点は、完全に消滅してしまうかのように見える。

This boy had devoured Myers's youth, had turned the young girl he had courted and wed into a nervous, alcoholic woman whom the boy alternately pitied and bullied. Why on earth, Myers asked himself, would he come all this way to see someone he disliked? He didn't want to shake the boy's hand, the hand of his enemy, nor have to clap him on the shoulder and make small-talk. He didn't want to have to ask him about his mother. (54-55)

　描出話法によって語られる息子への想いは、自分の人生の失敗を全て息子に押しつける感情的なものであり、理性による抑制は完全に失われているように思われる。

　しかし描出話法の間にカーヴァーは、"Myers asked himself" という表現を、さりげなく滑り込ませていることを、見逃すべきではないであろう。憎悪の激流に飲まれながらも、マイヤーズには自己を相対化する視点が、完全には失われていないと言えるのではないだろうか。

　この後のマイヤーズのとる行動は、注意深く観察すれば、矛盾に満ちたものとなっている。彼は息子と会わない決心をしたにもかかわらず、列車が Strasbourg 駅に入ると、息子の顔を窓から見るのではないかと危惧しながら、注意深く窓から外を見ている（"He looked out the window cautiously, afraid he'd see the boy's face at the glass" (55)）。さらに、プラットホームで列車に乗り込もうとする人々、列車から降りてくる人々を出迎える人々を見ながら、彼は "His son was not one of those waiting, but, of course, that didn't mean he wasn't out there somewhere (55)" と考える（"of course" が挿入されていることによって、これが語り手による客観描写ではなく、描出話法による、マイヤーズの内面描写であることが分かる）。この部分において、再び "his son" という呼称が用いられていることは注目に値する。あれほど憎悪を募らせた相手を再び「息子」と呼んでいること、及び息子が駅に姿を表すことを期待しているかのような描写は、さきほどの決心とは明らかに矛盾すると言わざるをえない。

　マイヤーズの矛盾した行動は、「見る」という基本的な動作にも反映され

ている。確かに彼は、しばしば他人に対して目を逸らすという行動を取る。時計を盗んだ疑いのある男が Strasbourg で下車するときに目を逸らし、列車に乗った男性を見送る女性から視線を逸らす。しかし同時に彼は、列車の窓ガラス越しにではあるが、「見る」人でもある。Strasbourg のプラットホームで繰り広げられる光景は、マイヤーズのこれまでの人生や行動を考え併せるならば、極めて重い意味を持つものである。この部分においては、主部に "saw" "looked" を用いた間接話法の文が多用され、マイヤーズが「見る」ことにいかにこだわっているかが強調されている。彼は自分の車両をじっと見つめながら、まるで誰かを追うように近づいてくる女性の姿を「見る」("In a minutes, Myers saw her moving down the platform, her eyes fixed on his car, as if following someone" (56))。逆に言えば、マイヤーズが女性の行動を注意深く見守っていればこそ、可能な描写である。

　女性から目を逸らした彼は、息子の姿を求めて、プラットホームの端から端までを「見渡す」。

> He looked up and down the platform. The boy was nowhere in sight. It was possible he had overslept or it might be that he, too, had changed his mind. In any case, Myers felt relieved. He looked at the clock again, then at the young woman who was hurrying up to the window where he sat. Myers drew back as if she were going to strike the glass. (56)

再び "the boy" の呼称が用いられ、マイヤーズは息子が姿を現さなかったことに、安堵感さえ覚えている。しかし、それが心からの安堵とは程遠いものであることは、直後の記述によって明らかであろう。平石は、カーヴァーの作品の登場人物たちが、作品に頻繁に現れる窓や電話によって、自我を防衛しようとすると指摘する（171）。この作品においても、客車のガラス窓はマイヤーズを現実から守る防壁として作用している。息子と会わなかったことに安堵した直後に、そのガラス窓が打ち破られるような恐怖を感じていることによって、彼の安堵が単なる思い込みに過ぎないことが暴露されている。

自己防衛という観点から考察するならば、そもそもマイヤーズが Strasbourg 駅に着いても客室から出ない決心をしたのは、直接現実と接することを拒否し、あくまで窓ガラスを通して間接的に眺めることで、自己を守ろうとしたのだと言えよう。息子の姿を見たならば、自分は暴力的な行為に走るかもしれないと思い込むことによって、マイヤーズは息子が来なかった場合のショックを、無意識のうちに避けようとしたのである。

　マイヤーズの安堵が単なる思い込みであることは、その後の行動によっても裏づけられる。マイヤーズは客室で落ち着くどころか、確たる理由もなく自分の客室を後にし、他の車両をさまよう。その際、彼は再び息子のことに想いを巡らす。

> He heard a loud clanking, and the train backed up a little. He could see the station again, and once more he thought of his son. Maybe he was standing back there, breathless from having rushed to get to the station, wondering what had happened to his father. Myers shook his head. (57)

再び "his son" という呼称が用いられ、更にそれに対応して "his father" という表現が用いられている。ここで描写されているのは、メロドラマティックな空想の世界であり、そこにおいて父と息子の繋がりは再び甦っている。再び「首を振る」動作があり、空想の世界は中断される[5]。マイヤーズの心は、息子への愛憎の間で、この時点においてもなお揺れているのである。やはりマイヤーズは、息子に対する憎悪という衝動によっては、不安定な心理状況から完全に解放されることはなかったのである。

5. 結論

　この作品は、他のカーヴァーの作品と同様、曖昧な結末によって終わる[6]。マイヤーズは自分の客室に戻ろうとするのであるが、彼の客室は切り離され、別の車両が連結されていることを知る。スーツケースさえも失い行

き先も分からないまま、マイヤーズはこれまで聞いたこともないような言葉を話す人々に入り混じって、初めて安らかな眠りにつく。初めて訪れたこのような安らかな気持ちが、ほんの束の間のものに過ぎないことは、マイヤーズ自身が自覚しているし（"He was going somewhere, he knew that. And if it was the wrong direction, sooner or later he'd find it out" (58)）、このような境地が外的な力によってもたらされたものであることは "...Myers felt himself being carried, then pulled back, into sleep" (58) の描写に示唆されている。しかし、あれほどマイヤーズを悩ませた、他者との意思疎通の困難さという問題も、もはや彼を煩わせることはなく、待ち望んでいた眠りにつく安堵した姿は、Strasbourg に停車している間の安堵感に比べれば、遥かに実感に富むものである。

このことにより、マイヤーズの息子に対する気持ちの葛藤は、暴力的な衝動によってはついに解決されることはなかった、という事実が再び浮かび上がる結果となっている。マイヤーズは、自分ではどうすることもできない、外的な力に身を委ねることによってしか、束の間の解放感さえ得ることはできなかったのである。

カーヴァーの他の作品においては、登場人物の抑圧を一時的に解放する、唐突に訪れる衝動によってさえも、マイヤーズの息子に対する葛藤が解決不可能であったということは、それだけ父親と息子との絆が、断ちがたく、強固なものであったということを示唆している。家族の崩壊、息子への憎悪を描きながら、この作品は結末において、家族の絆の強さを最確認するに至るのである。その意味において、人を愛することがもはやできなくなった、中年男の孤独感を描いたとされてきたこの作品の中に、*Cathedral* に収められた他の作品に指摘されるような、救いの要素を見いだすことが可能ではないだろうか。[7]

第2章 「羽根」の中の空白を探る

1. はじめに

　2004年に出版された『レイ、ぼくらと話そう』はこれからのカーヴァー研究に大きな影響を与えるであろう一冊である。この論文集の最大の特徴のひとつは、序文で宮脇が述べているように、ミニマリズムという枠組みに捉われずに「カーヴァーをカーヴァーとして」読もうという試みにある。十人の執筆者はさまざまなアプローチの方法でカーヴァーの作品に挑んでいる。その中でも特に関心を引かれたのは、三浦の「大聖堂」に関する論である。三浦はこの論の中で、語り手の「私」と家を訪れてきた視覚障害者 Robert との間に成立する、手と手を重ね合わせて大聖堂を描くという身体的コミュニケーションに、クイア・リーディングの可能性を指摘している（149）。

　実は筆者も、かねてからこの作品をクイア・リーディングの観点から解釈することができるのではないかと考えていたので、この論には大いに共感するものがあった。日本の英米文学研究者にはまだまだ同性愛の問題を回避しようとする、いわばお上品な伝統が存在しているように思われる。たとえばヘンリー・ジェイムズの研究において、英米ではクイア・リーディングがごく当たり前のアプローチの方法となりつつあるのに対して、日本の研究者がこの問題に正面から取り組んだ論文はいまだ少数である。クイアな要素を読み取ることによって、作者ジェイムズが冒涜されるとでも考えているのであろうか。たとえばジェイムズの「芸術家もの」とよばれる一連の中短編小説において、芸術家とその崇拝者の男性との間に同性愛的な要素が多分に見られることは、英米の研究においては以前から指摘されているにもかかわらず、そのことを踏まえて日本の研究者がこれらの作品を論じたものは多いとは言えない。その意味において、本合や斎藤の著書は、日本におけるジェイムズ研究の流れを変えるものであると評価することができるであろう。

　もっともこの問題に関しては、研究する作家によっても温度差はあるようである。例えば大橋洋一は、ウィリアム・フォークナーの女性表象を綿密に分類した上で、「エミリーへの薔薇」をクイアという観点から分析し、「エミリーという女性は男性の偽装」であるという大胆な解釈を展開している (38)。

　本論の目的は、三浦によって開かれたカーヴァーの作品のクイア・リーディングの可能性を、「羽根」を中心とした他の作品へと広げることにある。その際、作者のカーヴァーが同性愛者であったとかなかったとかいう問題には、三浦と同様の理由から (151) 深入りしないことにする。肝心なのはテクストに何か書かれ、そこから何を読み取ることができるかということである。

2.「羽根」を読む（1）−語り手とバドとの関係

　この作品は、語り手とその妻 Fran、語り手の仕事場での友人 Bud とその妻オーラを中心に展開する、一見すると非の打ち所の無い、異性愛の物語であるように思われる。ストーリーは一人称の語り手によって語られる。語り手はバドと同じ職場（不思議なことに二人がどんな仕事をしているのか、語り手は語ろうとはしない）で働く、恐らくはブルーカラーの労働者である。語り手はバドよりは教養のある人物であるようであるが、カーヴァーの他の小説の登場人物と同様、自分の複雑な感情を言語化して表現する能力は持ち合わせてはいない。読者に要求されるのは、語り手が語る不完全な内容を補完し、さらに深く掘り下げていくことである。

　語り手の語ることを素材として、登場人物間の関係を探ってみよう。まず、語り手とバドとの関係である。「バドと私は友達だった」(3) と二人の関係を語る語り手は素っ気ない。仕事場で語り手とバドとがどの程度親密なのかは語られていないが、はじめてバドが語り手とフランを自宅に訪問することを考えれば、特別に親しい関係ではなさそうである。しかしここで問題なのは、バドの存在が語り手の心理にどのような影響を及ぼしているのかと

いうことである。他のカーヴァーの作品の登場人物、例えば "Preservation" の Sandy の夫や、"Fever" の Carlyle、「コンパートメント」のマイヤーズと同様、語り手はきわめて狭い交友範囲の中で暮らす人物である。「この町に住み始めたのは三年前からだが、フランと私はそれまで郊外にドライブをしたことさえなかった」（6）という発言からも分かるように、実質上は夫婦で自宅に閉じこもった生活を送っている。その意味において、バドは語り手にとって、外界との唯一の接点であると言っても過言ではない。

しかし、語り手のバドの家族に関する興味は低く、そこには冷淡なものさえ感じられる。子供の誕生を喜び職場の仲間全員に葉巻を配るバドに対し、語り手はその喜びを共有していないことが「ドラッグストアで売っている安物の葉巻だった」（3）という発言からうかがい知ることができる。また「その赤ん坊はバドが私たちを食事に招待してくれたとき、八ケ月であったに違いない。あの八ケ月はいったいどこへ行ってしまったのだろうか」（3）という発言からは、語り手がバドの子供の成長に全く関心がなかったことを、はからずも明らかにするものである。

　語り手がバドの子供に対して冷淡であるのは、その時点においては、自分自身子供が欲しくなかったことが一因であると思われる。しかし語り手は、バドの妻 Olla に対しても冷淡な姿勢をとっていることが、次の部分から見受けられる。

　　私はバドの奥さんに会ったことはなかった。でも一度電話で声を聞いたことはある。

　　　日曜の午後で何もしたいことがなかった。だからバドに何かしたいことがないかどうか聞いてみようと電話をかけた。あの女が電話をとって「もしもし」と言った。頭が真っ白になって、彼女の名前を思い出すことができなかった。バドの奥さん。バドは彼女の名前を何回も言っていた。でもそれは耳から耳へと抜けていってしまった。「もしもし」もう一度女が聞いてきた。テレビの音が聞こえた。すると女が言った。「どちら様ですか」 赤ん坊が泣き始めた。「バド！」女は呼んだ。「どうしたんだ？」とバドが言うのが

　聞こえた。私はまだ彼女の名前を思い出すことができなかった。だから電話
を切った。次に仕事場でバドに会った時、私は電話をしたことはこれっぽっ
ちも言わなかった。でもバドに彼女の名前を言わせることは忘れなかった。
「オーラだよ」と彼はいった。「オーラ」と私はつぶやいた。
　　オーラ（3-4）

名前が耳から耳へと抜けていたという表現から、語り手のバドの妻に対する
関心の低さがうかがわれる。しかし引用部分にはそれだけでは説明できない
何かがあるように思われる。三浦は、「カーヴァーは論理的でない伏線をひ
き、そのことが作品全体の真性さを保障する」と指摘するが（145）、語り手
はこの電話をした事実にかなりこだわっており、実際にオーラと会った際に
もこのことを話題にしている。

　　私は言った。「オーラ。ここに一度電話したことがあるんだ。あなたが電話
　　に出たんだけど、切ってしまったんだ。どうして切ってしまったのか、自分
　　でもわからないのだけど」そう言って私はエールをすすった。どうして今こ
　　の話題を持ち出したのか自分でもわからなかった。（14）

電話を切った理由を、語り手は言葉にして説明することができない。確かに
語り手は、バドには妻がいることは認識している。しかし電話での接触で、
生のオーラという存在を感じた時、彼は自らコミュニケーションを拒否して
しまうのである。語り手はバドには妻があり、子供がいるということを頭で
は認識している。しかし、いわば無意識の領域において、その事実を拒否し
ているのである。妻がいるという点においては、バドも語り手も異性愛者で
あると言えよう。しかし、語り手が語りえない、もやもやとしたバドの家族
に対する思いには、バドに対する男性同士の絆を求める熱烈な気持ちが秘め
られているのではないだろうか。語り手がそのことを語りえないのは、語り
手に自らの内面を分析する能力が欠けていることも一因ではあるが、同性愛
嫌悪が自らの感情を分析することを抑圧しているとも考えられる。
　ではなぜ語り手はバドの家に行き、家族と会うのか？　それは語り手自身

が自らの感情を正確に把握していないこと、もし行くことを断れば、バドとの関係が気まずくなるのではないか、という懸念が働いたと考えるのが妥当であろう。語り手がバドの行動に無批判に自らの行動を重ね合わせようとしていることは、次の描写からもうかがわれる。

> バドは仕事の時と同じ服装をしていた－ブルー・ジーンズとデニムシャツだ。私はスラックスをはき、半そでのスポーツシャツを着ていた。足にはよそ行きのローファーを履いていた。バドが着ているものを見たとき、自分がドレス・アップしているのがいやになった。(8)

バド夫婦の家を訪れた後、語り手とフランはこれまでの自分たちのライフ・スタイルを捨てて、バド夫婦のライフ・スタイルを実践することになる。語り手がそれに同意するのは、バドとの過剰なまでの一体感を求める、隠された意図があったからではないだろうか。

3. 「羽根」を読む (2) －語り手とフランとの関係

　語り手とその妻フランとの関係の分析に移ろう。語り手とフランとの関係は当初から危機をはらんでいたとの指摘もあるが、十分に満たされたものであったことは次の描写からうかがわれる。

> 夜一緒にいるとき、彼女は髪にブラシをかけ、自分たちがまだ持っていないものを声を出して言ったものであった。私たちは新しい車が欲しいと言い、それは私たちが欲しいと思っていたものの一つであった。そして私たちは、カナダへ二週間旅行がしたいと言った。しかし、私たちが欲しくないものの一つは子供であった。子供を持ちたくないことの一つの理由は、子供が欲しくないということだった。(5)

この部分をカーヴァーに大きな影響を与えた、アーネスト・ヘミングウェイの作品と比較してみよう。さまざまな角度から分析されてきた短編小説

「雨の中の猫」の一場面である。イタリアのホテルで過すアメリカ人の夫妻をめぐる小説で、どうやら夫婦の間はあまりうまくいっていないようである。窓から一人外を見ていた妻は、雨の中にぬれる子猫を見つけ、ひとり猫を探しに行くが、見つからずに戻ってくる。妻は夫に満たされぬ気持ちを爆発させる。

　　「髪の毛を伸はしたほうがいいと思わない？」と妻は鏡に映った横顔を再び見ながら言った。
　　ジョージは顔を上げ彼女のうなじを見た。それはまるで少年のように短く刈り上げられていた。
　　「今のほうがいいよ」
　　「飽きちゃったのよ」と彼女は言った。「男の子みたいな格好をしてるのに飽きちゃったの」
　　ジョージはベッドの中で体を動かした。彼女が話し始めてから彼女から目をそらすことはなかった。
　　「すごく素敵に見えるよ」
　　彼女は化粧台の上に手鏡を置き、窓際に行って外を見た。暗くなりかかっていた。
　　「髪の毛をきゅっと後ろにとかして、触れるような大きな房を作りたいの」彼女は言った。「ひざの上に乗せて、なでるとごろごろいう子猫がほしい」
　　「なんだい？」ジョージはベッドの上から言った。
　　「自分の銀の食器でテーブルで食事がしたい。ろうそくが欲しい。春になって欲しい。鏡の前で髪をとかせたい。子猫が欲しい。新しい服が欲しい」
　　「おい、黙って何か本でも読んだらどうだ」とジョージは言った。彼は再び本を読んでいた。(94-95)

「雨の中の猫」の妻は夫に対して自分が現在置かれている状況への不満を、物欲を並べたてる形で訴えているにもかかわらず、夫の態度はきわめて冷淡である。彼女が髪の毛にこだわるのは、短い髪は少年の役割を果たしていることを暗示すると今村は指摘する（134）。それに対して「羽根」の語り手と

フランは物欲という点において、完全に一致した見解を持っている。二人が物欲に取り付かれているということは、二人とも現在の生活には満足していないということをもまた示唆している。

さらに、フランの美しく長い髪が夫婦を結びつける絆となっているという事実は、二人の夫婦関係が肉体的な次元においては満たされているということを示唆している。しかし語り手とフランには、「雨の中の猫」の妻と共通する要素が見られる。それは、自らの内面を物欲によってしか訴えられないという幼さである。

精神的には幼くても、語り手とフランとの夫婦関係は、バドの家を訪問するまでは良好であったと考えるのが適切であろう。バドの家を訪問するまでの語り手は妻との異性愛と、バドに対して無意識のうちに抱いている同性に対する熱烈な友情との、バランスの取れた状態にあったと考えられるのである。

4. 「羽根」を読む（3）－バドの家を訪れることによって起こる変化

当初フランはバドの家に行くことに難色を示していた。語り手と二人の生活に満ち足りていた、ということが主たる原因であるが、バド夫妻を内心見下していたということも理由のひとつであると考えられる。フランが上昇志向を持った女性であることは、次の部分からもうかがわれるのではないか。

> 「あのもらった葉巻のことだけど」彼女は言った。「持って行きなさいよ。そしたら食事の後で応接間で葉巻をふかしながらポートワインを飲めるでしょう。映画でやってるみたいに」(6)

手土産にワインとパンを持っていったのも、適当なものが思い浮かばなかったので、とりあえず身近にあって、自分たちが飲んだり食べたりできるものを持っていったというのが真相であろう。フランがバド夫妻を見下していることはジェル・オーをめぐる発言からも明らかである (8)。

　バドの家を訪問するまでの語り手とフランとの会話には、"Goddamn it"
（7）、"Goddamn"（8）と語り手が言う部分を除けば、粗野な表現はまったく
と言ってよいほど見られない。ブルーカラーの労働者夫婦の会話としては、
ごく普通の会話であると言えよう。ところがバドの家でテレビを見ている場
面で、突然フランに大きな変化が生じ始める。

　　「この番組見たいかい？」バドが言った。彼はまだ立っていた。私はかまわ
　　ないと言った。
　　そして、実際私にとってはどうでもよかった。フランは肩をすくめた。それ
　　が私にどんな関係があるの？と彼女は言っているように思われた。もう今日
　　のことはどうだっていいんだから。
　　「あと十二周だけなんだ」バドが言った。「接戦だよ。大きな玉突き事故が
　　あったんだ。六台の車が壊れた。怪我をしたドライバーもいる。どのくらい
　　の怪我かはまだわからないけどね」
　　「テレビをつけといてくれよ」と私は言った。「見ようよ」
　　「もしかしたらくそいまいましい車が目の前で爆発するかもしれないわね」
　　とフランが言った。「そうでなかったら、一台がスタンドに飛び込んで、う
　　すぎたないホットドッグを売ってるやつにぶち当たるかもしれないわ」彼女
　　は髪の毛を指に挟みながらさわり、テレビを見続けた。（11）

フランは夫に比べて粗野なバドに嫌悪感を抱くどころか、むしろ自分を彼に
あわせようとしているかのようである。この発言が、彼女の女性としての魅
力の象徴である髪の毛を触りながら行われていることは意味深長である。フ
ランは夫とは異質の、バドに男性としての魅力を感じ始めているのではない
だろうか。
　語り手とフランはオーラの歯形を見つけたことをきっかけに、バドがいか
にオーラにつくしてくれたか、オーラが彼に対していかに感謝しているかを
聞くことになる。この時のフランの心境はテクストには書かれていない。だ
が物質的欲望でつながれた自分たち夫婦のありようとまったく異なった愛の
ありように、彼女が大きな影響をうけたことは十分想像しうることである。

　フランが赤ん坊を見たいと言い出すのは、この話を聞いた後である。橋本はフランが赤ん坊を見て、母性に目覚めたと指摘する（323）。しかし、一連の流れから推測すると、この訪問にあまり期待していなかったフランにとって、バドは思いのほか男性として魅力的な存在であり、バドとオーラの夫婦の絆が自分たちの幼い絆とは比較することさえ困難なほど、堅固なものであるように感じられたのである（もっとも筆者にはこの二人の関係は余りにも出来すぎているように思われるのであるが）。欲望の三角形を用いて説明すると、フランはオーラがバドに向ける欲望を模倣しているのである。二人の愛の結晶である赤ん坊を見ることを熱望するのも、母性愛だけでなく、バドに対するオーラの欲望の模倣、そしてオーラに対する同一化の欲望という問題が関係していると考えられるのではないだろうか。

　フランの赤ん坊に対する行動に比べると、語り手の反応はきわめて冷淡なものである。赤ん坊のことを終始 "it" という代名詞で呼ぶのは、赤ん坊が醜いことが第一の理由であろうが、赤ん坊という異性愛の象徴が、自分とバドとの男同士の絆にとって脅威であることを、無意識に感じているからではないだろうか。

　自宅に戻ったフランは語り手に対し、「あなた、私をあなたの子種で一杯にして」（25）と大胆な発言をし、語り手もそれに答えて二人は肉体的に結ばれる。ここでフランは、自分の夫にバドを重ね合わせていたのではないだろうか。語り手はそのことに全く気付いてはいないのであるが、欲望の三角形で考察したことを踏まえると、フランは語り手の背後にバドの姿を求めていたと考えられる。

　語り手とフランとの間には子供が生まれ、フランのオーラとの同一化の欲望は現実に達成される。しかし、子供が出来ることによってフランはミルク工場で働くことをやめ、二人をつなぐ接点であった物欲を捨てなければならない状況に追い込まれ、夫婦の関係は著しく希薄なものとなる。フランは女性としての魅力の象徴であった長い髪を切り、ぶくぶくと太り、もはや以前の面影は見られない。

「いまいましい人たちと不細工な赤ん坊」はっきりとした理由も無いまま、フランは深夜テレビを見ながら言うだろう。「そしてあのくさい鳥」彼女は言うだろう。「そんなものまっぴらだよ」と彼女は言うだろう。あれからバドとオーラには会っていないにもかかわらず。(26)

この部分の描写は皮肉にもフランが男性化し、まるでバドになってしまったかのような印象さえ与えるものである。

　かくして語り手が楽しんでいた、バドへの男性同士の熱烈な友情と、フランに対する異性愛のバランスは、完璧なまでに失われることとなるのである。

5. 結論にかえて－「シェフの家」について

　同性への熱烈な友情という新たなベクトルを導入して、「羽根」の読解を試みてきた。このベクトルは同じ『大聖堂』に収められた "Chef's House" を読み解く際にも有効であるように思われる。

　平石はこの作品を登場人物たちの心理を探りながら感情移入的に読み、Wes がなぜやり直そうとしないのかを考察する。その結論は、ウェスは「自分自身を引き受ける責任感の強さ」からやり直しを断念するのだというものである（159）。さらに、二人のシェフの家での生活が、家賃の免除というきわめて特異な環境を前提としていたものであったという、興味深い指摘を行っている（160）。

　この短編は Edna 自身が語り手であり、エドナとウェスが Chef の家で体験するひと夏の生活は、夢のような異性愛の世界である。しかし、そのような場を提供しているのはシェフであり、ウェスをアルコール中毒から立ち直らせたのは、エドナの異性愛ではなく、シェフ と ウェスの厚い男同士の友情なのである。いわば同性の間の絆が、ウェスがアルコール中毒に戻るのを押しとどめているのである。信頼していたシェフに娘の Linda のため家を明

け渡すよう言われたとき、ウェスはシェフが自分（男同士の絆）より自分の娘（異性愛の象徴）を優先させたことを痛感するのである。「デブのリンダ」を連発するウェスは幼児性をあらわにし、そこに自分自身を引き受ける責任感を見い出すのは困難である。ウェスはシェフの友情に見放されたとき、全てが終わったと感じたのではないか。男同士の友情は、ウェスにとってはエドナの異性愛をも凌駕する力を持っていたのではないだろうか。この問題に関しては，次章で詳しく論ずる。

（なおカーヴァー、ヘミングウェイの作品の引用部の訳はすべて筆者によるものである）

第3章　「シェフの家」を精読する

1. はじめに

　レイモンド・カーヴァーの "Chef's House" は彼の残した短編集の中で、最も充実しているとされる *Cathedral* の二番目に収められた作品である。わずか7ページに満たない長さでありながら、カーヴァーの作品の中では初めて *The New Yorker* に掲載された。日本での評価も高く、たとえば村上春樹は『大聖堂』の翻訳のあとがきの中で、この作品を「羽根」「ささやかだけど、役に立つこと」「ぼくが電話をかけている場所」「大聖堂」に次ぐAダッシュ・クラスの作品であると述べている。さらに平石貴樹は、「『大聖堂』におさめられた「シェフの家」は、アルコール依存症をあつかう点でカーヴァー・ワールドの中核をなすだけでなく、現代アメリカ文学の代表的な秀作として位置づけられるべき作品である。」（156）と述べ、最大限の賛辞を贈っている。

　日本の英米文学研究者の一部には、英米の研究書や論文を好んで引証する反面、日本における先行研究に対してはほとんど言及がないという、奇妙な傾向が見受けられる。カーヴァーに限っていうならば、アメリカの研究書の中にはその大半があらすじをたどっているとしか言えない内容のものもあり、むしろ日本の研究者の論文に緻密な分析が行われている感がある。

　本章では先行研究として平石の論文を参照しながら、この作品に対する独自の見解を展開していきたい。平石は論文の冒頭で次のように述べ、カーヴァー研究のみならず、日本の英米文学研究の現状に警鐘を鳴らしている。

　　批評をめぐる言説の過度の流行は、文学作品を丁寧に読む能力を人から奪い去る。丁寧に読む能力を持たない人ほど批評の言説によってみずからを糊塗するという、不幸な本末転倒も昨今ではめずらしくない。アルコール依存症ならぬ批評依存症である。そんな現況にかんがみ、ここでは一作品について、人物たちの心理を探りながらいわば感情移入的に読むことによってどこ

まで議論がすすみうるのか、そしてそれが文学史や現代文学論などの批評と
アカデミズムの文脈にどのように通じうるのか、基本のところを確かめる作
業に専念したい。(156)

　本章も作品を読み解く姿勢としては、同じ方法をとる。すなわち、できる
だけ丁寧にテクストを読み、登場人物たちの細かな心の動きを捉えようとす
るやり方である。その際、テクストに語られているものに注目するのはも
ちろん、テクストでは語られていないものについても積極的に論及してい
きたい。

2.　エドナの語りについて

　平石はエドナを語り手とし、せりふが括弧なしに続くこの作品の本質を的
確に指摘する。

　　エドナは職業作家ではないどころか、物語を書いたり語ったりする経験に、
　　さほど慣れてはいないように見えるが、今、自分とウェスの一夏を美しく描
　　きたいという欲求につらぬかれて、彼女は語り手となった。彼女が会話にお
　　いて鍵カッコを使わない理由も、こうした文脈から説明されていいだろう。
　　鍵カッコを使い、二人の会話を再現しながら、場面を臨場感ある現在時点に
　　おいて描写することは、語り手の叙情性、いや語り手が存在する印象そのも
　　のを希薄にしてしまう。逆に二人のせりふが鍵カッコなしに地の文の語りの
　　中に埋め込まれることによって、場面は、思い出し語りゆく語り手の存在
　　を、場面全体にかぶせられた半透明のスクリーンのように喚起しつづける。
　　ウェスとのひと夏の物語を彼女自身の心の中に思い出として統一的に位置づ
　　けるためには、語り手を喚起しつづける文体こそがふさわしい。(168)

エドナはひと夏の物語を完結した過去の物語として語ろうとする。確かにエ
ドナは職業作家ほど流暢に語る語り手ではないが、ウェスとの出来事をどの

ように語るかという彼女なりの語りの戦略を持っているのは当然である。作品を詳しく分析することによって、その戦略を明らかにする必要があるであろう。ある戦略をもって語るということは、その戦略に合致する要素を前景化する一方で、その戦略に合致しない要素を消し去る、あるいは大きくは扱わないということである。このことを念頭において、テクストを具体的に分析していく。

3. エドナの語りの戦略（1）

この作品の最初のパラグラフに、彼女の語りの戦略は集約されていると考えられる。全文を引用して分析してみよう。

> あの夏、ウェスは以前アルコール依存症だったシェフという男からユーレカの北に家具つきの家を借りていた。そして私に電話をかけてきて、今やっていることは忘れて、こちらに来て、一緒に住んでくれないかと頼んできた。彼はお酒をやめていると言った。私はそれがどういうことかわかっていた。しかし、彼はどうしてもいやとは言わせなかった。再び電話をかけてきて言った。エドナ、正面の窓から海が見えるよ。潮の香りがするんだよ。私は彼の言葉に注意深く耳を傾けた。言いよどんでいるところはなかった。私は言った。考えておくわ。そして実際考えた。一週間後彼はまた電話をかけてきて、言った。来てくれるかい？　私はまだ考えている最中だと言った。彼は言った。もう一度やり直そう。私は言った。もしそこに行くとしたら、私のためにしてほしいことがあるの。言ってごらんとウェスは言った。私が昔知っていたウェスに戻ってほしいの。昔のウェスに。私が結婚したウェスに。ウェスは声をあげて泣き出した。しかしわたしはそれを善意のあらわれと考えた。だから言った。いいわ。そっちに行くわ。(27)

エドナとウェスのひと夏の思い出の場を提供してくれたのは、ウェスと同じアルコール依存症の苦しみを味わったことのあるシェフである。エドナは最初のセンテンスで彼に言及しているものの、それは「以前アルコール依存

症だったシェフという名前の男」（27）というきわめて素っ気無いものである。エドナはシェフが光熱費以外はほとんど無料で家を貸してくれていることを、後で知ったことを述べているが（28）、不思議にもシェフに対する感謝の念は作品中一箇所も見られない。エドナの語りの戦略の一つは、シェフの存在を語りの内容からできる限り排除しようとするものである。

　もうひとつ、彼女の語りには、彼女が語る内容から推測できる明確な特徴がある。それは「わたしが昔知っていたウェスに戻ってほしいの。昔のウェスに。わたしが結婚したウェスに」の部分に集約されている。彼女が欲しているのは、現在のウェスではなく、二人が幸福の絶頂期にあったときのウェスなのである。ウェスはそれを聞いて声をあげて泣くのだが、それを肯定的に解釈するのはあくまでエドナなのであり、ウェスがどうして声をあげて泣いたのかということに関しては他の解釈も成り立つ余地があろう。

　エドナはウェスが最初に電話をかけてきたとき、酒を飲んでいるかいないかを注意深く探っている。ここで少しでも酒を飲んでいる兆候があれば、彼女はおそらくウェスの元に行くことはなかったであろう。結局、彼女にとってアルコールに溺れるウェスの存在は不要なのである。過去の楽しかったころのあなたに戻ってという彼女の発言は、表面上はロマンティックに聞こえる。しかし、その裏には、そうでないウェスは必要ないという、冷徹とも言える意図が隠されているのである。ウェスが男泣きに泣いたのも、彼女の非情さを読み取ったためとも考えられるのではないだろうか。

　エドナはウェスと離婚してから交際している相手に、自分はあくまでひと夏ウェスの元にいくのであり、その後は戻ってくるという発言をする。このことは、もしウェスが昔のウェスに戻らなければ容赦なく切り捨てるという、彼女の意図の現われと解釈することが可能であろう。

4. エドナの語りの戦略（2）

　シェフの家での二人の生活が始まる。二人があらゆる種類のソフトドリン

クを飲むのは、ウェスがまだアルコール依存症からは完全には立ち直っていないことを暗示している。そのことは、彼がシェフと断酒会に行っていることからも明らかである。車を持たないウェスをシェフは自分の車で断酒会に送り迎えし、献身的にウェスを支援する。しかし、エドナの語りは、事実のみを淡々と描写するのみである。シェフのほうも、なぜか家の中までは入らず、送り迎えの際にも玄関のところまでである。どうやらシェフのほうも、エドナとの接触を避けているような感さえある。

　しかし、二人の生活の根幹がシェフの善意に依存していることは紛れもない事実である。平石は次のような指摘を行っている。

　　そのように理解してみると、かれらが夏を過ごしたシェフの家が、景色の美しさ以外の点で、きわめて特異な環境をかれらに提供していたことが分かる。それは家賃の実質的な免除である。「ウェスにいくらかの貯金があったので、私は働く必要がなかった。それにシェフが私たちに、ただ同然に家に住まわせてくれていることも分かった」。かれらはシェフの家に滞在する限り、働かなくてもいい、という好条件に恵まれている。この家を出るなら、かれらは家賃を払わなければならず、したがって働かねばならず、おそらくは仕事のある都会に住まわねばならず、ようするに、エドナと最初に結婚し、失敗におわった生活環境と同様な環境に戻らなければならない公算が大きい。（160）

シェフがほとんど無償で家を提供していることによって、二人の夢のような生活が成り立っていることをエドナは語っていない、いやあえて語ろうとはしない。住居費を払わずにすんでいることにより、二人の生活が豊かなものではないにしても、極端に切り詰められたものではないことを、エドナはウェスが自分にひな菊の花束と麦藁帽をプレゼントしてくれたエピソードによって語っている。彼女にとって、ひな菊の花束と麦藁帽は、ウェスの自分に対する愛情の象徴であることは明白である。

　しかし、ウェスは妻のエドナには、安価なプレゼントする一方、恐らくは

高価であり、二人の日常の生活にはあまり必要とは考えられないスプリンクラーを購入している事実は注目に値する。スプリンクラーを購入しているということは、ウェスがいかにシェフの家に愛着を持っているかを示す、顕著な実例であると考えられるのではないだろうか。端的に言えば、このエピソードは彼が妻よりも、シェフの家に愛着を持っていることを示すものであると言えよう。

　ウェスはなぜシェフの家にそこまでの愛情を注ぐのであろうか。それは単にこの家が彼に快適な生活の場を提供しているという、物理的な理由のみからではないであろう。この家はウェスにとって、同じアルコール依存症と闘い、妻でさえも自分から去っていったどん底の時期の自分を救ってくれた、シェフとの友情の象徴なのである。そしてその友情の存在をエドナの語りは極力排除しようとし、しきれなかったのがスプリンクラーのエピソードなのではないだろうか。

5.　ウェスがやりなおそうとしない理由

　シェフの家での生活は、シェフが娘のリンダを住まわせるという理由により、唐突に終わることになる。シェフが家を出て行くよう告げにくる場面で、ウェスが庭の草取りをしているのは意味深長である。スプリンクラーのエピソードと同様、ウェスがいかにシェフの家に対して愛着をもっているかを示す行為であると解釈することが可能であろう。エドナはシェフが「大きな」車に乗ってやってきたことを語る。このことはウェスとシェフがアルコール依存症と戦う同志である一方で、前者と後者の間に経済的な面での大きな開きがあることを図らずも露呈するものである。

　さらにウェスとシェフには、子供との関係においても大きな開きが見られる。エドナの語りによれば、ウェスの二人の子供は、恐らくはウェスのアルコール依存症が原因で、父親とは一切の接触を断っているのに対し、シェフと娘のリンダとの間には確かな絆が存在している。エドナは、ウェスが離婚

する前から、彼女を「デブのリンダ」と呼び、良い感情を持っていなかったことを示唆している。シェフがリンダを支えようとしていることは、裏を返せばシェフがアルコール依存症の時にも、リンダが父親を見捨てなかったということを意味するものではないだろうか。アルコール依存症という共通の苦しみと、強い連帯感をもって戦ってきた二人の境遇に、実は大きな隔たりがあることを、シェフが家から退去するように求めてきたとき、ウェスは実感したのではないだろうか。シェフが帰った後、エドナに対して激しく彼をののしる。

> シェフの野郎、とウェスは言って首を振った。やつはナックルボールを投げてきやがったんだ。あのろくでなしが。(31)

無償で住居を提供してくれたシェフに対して、"that son of a bitch" という露骨な表現を用いていることは注目すべきことである。これは、自分がどん底にあった時代を支えてくれたシェフとの男性同士の深い連帯感が、無残にも崩壊してしまったことに対する、あからさまな感情の表出であると考えるのが妥当ではないだろうか。

エドナは、恐らくウェスのこのような気持ちを理解していない。彼女はここでの生活はなかったことにして別の場所でやり直すことを提案する。

> ねえ、もし仮によ、仮にこれまでになにもなかったと考えてみない。これが最初だと仮に考えてみるのよ。仮によ。仮に考えてみても差障りはないわ。なにも起こらなかったことにするのよ。わたしの言ってることがわかる?(31)

しかし、次に引用する理由で、ウェスは彼女の提案をきっぱりと拒否する。

> ウェスは言った。もしそういう風に考えるのなら、俺たちは自分たち以外の誰か他の人間になることになるよ。俺たちじゃない誰かに。そんな風に思える気持ちが俺には残っていないんだ。俺たちは俺たち以外の何者でもないんだ。俺の言ってることわかるかい?(32)

恐らく彼は、人生のある時期をなかったことにするというエドナの考え方を受け入れられないのである。彼にとって、アルコール依存症に苦しみ、妻に去られた最悪の時期も自分の人生にほかならないのである。人生を独立したエピソードが点在するものと捉えるのではなく、どんな苦境も人生の一部であるとする、人生に対する連続した捉え方をウェスはとっている。

　それに対し、エドナは人生の幸福な時期のみに目を向ける人生観の持ち主である。最初のパラグラフで彼女がウェスに向かって言った言葉「昔のウェスに戻ってほしいの。わたしが結婚したウェスに」は、そのような彼女の人生観を端的に示すものである。ウェスとの生活をあきらめる彼女の脳裏に浮かぶのは次のような光景である。

　　すると、どういうわけかウェスが19歳の時の光景が脳裏によみがえってきた。
　　　彼が平原を横切ってトラクターに乗り、手をかざしてウェスが走ってくるのをみている父親のもとに走っていく光景が。わたしたちはカリフォルニアから車で来たところだった。わたしはシェリルとボビーと一緒に車を降りた。あれがおじいちゃんよ。二人はまだ幼かった。（32）

エドナの脳裏に浮かぶのは、ウェスの父が健在で、子供も幼く、経済的にも恐らくは現在よりも恵まれていた一家が、幸福の頂点にあった瞬間である。アルコール依存症、一家離散、そして恐らくは貧困と孤独を経験し、人生における苦境もまた自分の人生に他ならないのだ、と考えるウェスの人生観と、幸福な時期をフラッシュバックのように回想し、もう一度そのような瞬間を取り戻そうとするエドナの人生観は、根本的に相容れないものである。

　作品の最後の部分でウェスは再びリンダの名前を口にする。

　　彼は眼を開いた。しかしわたしを見ているのではなかった。彼は座ったまま、窓のほうを見た。デブのリンダ、と彼は言った。しかし、わたしは彼女が原因ではないことがわかっていた。彼女は何の実態もないのだ。単なる名前な

のだ。(33)

エドナは作品の結末においても、ウェスとシェフとの絆の深さ、それを娘の
リンダの出現によって断ち切られてしまった、ウェスの無念さを理解してい
ないと言えよう。

6. 結論

　本章では語り手であるエドナを離れた位置から観察し、客観的に分析する
ことにより、彼女には明確な語りの戦略、すなわちシェフの存在を可能な限
りテクストから排除しようとする傾向があること、および彼女が究極的に
求めているのは、二人が幸福であった時のウェスであることを明らかにし、
ウェスがやり直そうとしない理由を、彼が自分とエドナとの人生に対する考
え方が相容れないことをすでに認識しているという点に求めた。その結果導
き出された結論は、やはり作品を詳しく分析した平石の、ウェスは自分の弱
さを自覚していて、不安定な将来にエドナを巻き込みたくはなかった、エド
ナを愛しているからこそやり直そうとしなかったのだ、という結論とはかな
り異なるものとなるに至った。

　Fiedler は次のような興味深い指摘を行っている。

　　アメリカ本来の神話では、男性対男性の結合は純白なものと考えられている
　　ばかりか、純潔そのものの象徴に他ならぬと見られている。というのは、そ
　　れは異性間の結婚などのない極楽境における唯一の公認の結合だと想像され
　　ているからだ。しかし、極楽境というのは現実的なアメリカ人には現実離れ
　　がしていると思われるので、男性同士の清らかな結合のたいていの描写には
　　どこか見せかけ的な感じがある。つまり、その背景として荒野、海、過去な
　　どが選ばれるのが普通であるが、これは言い換えれば、大方の読者には夢の
　　世界で慣れている背景ということである。(383)

フィードラーの指摘は「シェフの家」にそのまま当てはまるものである。ア
ルコール依存症との闘いの同志である二人の男性が、現実離れした場所シェ
フの家（しかも家は海の近くにある）という極楽境を作り出したという新た
な解釈が可能ではないだろうか。ここで重要なのは、エドナは既に極楽境が
成立した後に呼ばれたに過ぎないということである。そして、ウェスは当初
から、彼女の人生の幸福な時期のみを見ようとする考え方の裏に潜む残酷さ
を見抜いていたのではないかと考えられる。彼は、自分が再びアルコール依
存症に陥れば、確実にエドナは自分を捨てるということを、彼女を呼びよせ
た時点で予期していたのではないだろうか。

　前節でエドナはウェスとシェフの連帯感の強さ、それが断ち切られたとき
のウェスのやるせない気持ちを理解していないと指摘した。しかし、本当に
そうだろうか？　エドナがひと夏のシェフの家での思い出を、完結したもの
として、シェフをできるかぎり排除した形で語ろうとするのは、ウェスに
とってシェフの存在がいかに大きかったかをエドナが知っていたことの裏
返しとは考えられないだろうか。エドナがウェスとのひと夏の思い出を、あ
くまで自らの思い出として語るのは、自らの語りによってシェフの家での出
来事を、男性同士の極楽郷であるとする解釈の可能性を隠蔽し、あくまで異
性愛の枠組みの中に取り込もうとする、彼女の語りの隠されたもうひとつの
戦略と考える事が、可能ではないだろうか。

（なお「シェフの家」の訳は筆者によるものである。）

第4章 「でぶ」を間テクスト性から考察する

1. はじめに

　本章の目的はカーヴァーの初期の代表作の一つである "Fat" を取り上げ、Ernest Hemingway の短編小説 "Cat in the Rain"（1924）との間テクスト性を分析することにより、読み解くことにある。
　間テクスト性に関しては、いまだ厳格な定義が存在しない状況にある。本書では次に引用する廣野の定義に従う。

> 　文学テクストとは、つねに先行する文学テクストから、なんらかの影響を受けているものだ。つまり文学テクストは孤立して存在するものではなく、他の文学テクストとの間に関連がある。この関連性を「間テクスト性」という。この概念を定着させたブルガリア出身の批評家ジュリア・クリステヴァ（Julia Kristeva, 1941-）によれば、あらゆるテクストは他のテクストを吸収し変形したものとされる。作品のなかで作者は、先行作品に言及したり、意識的、あるいは無意識のうちにそれについてほのめかしたりするのである。(13)

"Cat in the Rain" をカーヴァーが読み、高く評価していることは、次の引用から明らかである。

> 　There's a story called "Cat in the Rain," which is one of my favorite stories by Hemingway. Nothing much happens in the story, but you know that the relationship between the husband and wife is going bad. She goes out to look for a cat that she sees from her hotel room window, and it's the rainy season, and I guess the story's set close to Spain, and her husband's not much interested, and there's a detail that sticks in my head—he's lying on a bed reading a book, but his head at the foot of the bed, and his feet are at the headboard. It's a wonderful story. It's a very simply told

テクスト探究の軌跡－ヘンリー・ジェイムズ、レイモンド・カーヴァー、村上春樹－

story. It's marvelous. (*Conversations with Raymond Carver* 17)

　"Fat" はカーヴァーの第一短編集である *Will You Please Be Quiet, Please?* (1976) の冒頭に収録されたカーヴァー文学の原点ともいうべき作品である。日本におけるカーヴァーの紹介者であり翻訳者でもある村上は、この作品を *Carver's Dozen* の冒頭に掲載し、次のような最大級の賛辞を送っている。

　　…ブルーカラーの労働者の目に映るアメリカの日常風景を描写させると、カーヴァーは本当に巧い。もちろんこの作品はそのような「巧みなスケッチ」というだけにとどまらず、彼の筆はせき止めることのできない人間の深い業のようなものを、奇妙な形でありありと描き出している。(20)

このようにカーヴァー文学を論ずる上で外せない作品であるにも関わらず、日本においてこの作品は十分に研究されているとは言い難い。わずかに 1995 年に執筆された重田による "Some Considerations on Carver's Fat" 一編を数えるのみである。本章では、ヘミングウェイの短編小説の代表作の一つであり[1]、様々な議論を呼んできた "Cat in the Rain" との間テクスト性において、作品の新たな解釈の可能性を提示する。

2.　**the fat man** [2] **の指について**

　"Fat" の語り手のウエイトレスがまず注目するのが the fat man の指である。

　　This fat man is the fattest person I have ever seen, though he is neat-appearing and well dressed enough. Everything about him is big. But it is the fingers I remember best. When I stop at the table near his to see the old couple, I first notice the fingers. They look three times the size of a normal person's fingers—long, thick, creamy fingers. (3)

普通の人の 3 倍もある滑らかな太い指が象徴するものは何か。それはずばり

巨大なペニスであろう。[3] おそらく無意識のうちに、語り手のウエイトレスは、the fat man の性的な魅力にひかれているのである。the fat man の癖である “puffing noise” も「喘ぎ声」と解釈すれば性的な意味合いが極めて濃くなる。その意味において次の場面は興味深い。

> I make the Caesar salad there at his table, him watching my every move, meanwhile buttering piece of bread and laying them to my side, all the time making this puffing nose. Anyway, I am so keyed up or something, I knock over his glass of water. (4)

語り手が緊張しているのは、the fat man に一挙手一投足を見られているからだけではない。「パンにバターを塗る」行為を見ているということは、語り手は彼の指を見ていることになる。恐らく語り手は、「喘ぎ声」と巨大なペニスの象徴である指を見て無意識のうちに性的に興奮し、グラスを倒したのではないだろうか。

　“Cat in the Rain” においても、指そのものではないものの、手が重要な役割を果たす場面がある。視点的人物のアメリカ人の妻がホテルの支配人の前を通る場面である。

> He stood behind his desk in the far end of the dim room. The wife liked him. She liked the deadly serious way he received any complaints. She liked his dignity. She liked the way he wanted to serve her. She liked the way he felt like about being a hotel-keeper. She liked his old, heavy face and big hands. (130)

最後のセンテンスには、the fat man と重なる要素がみられる。特に「大きな手」という部分は the fat man の巨大な指に通ずるものがある。支配人の大きな手について、今村は次のような指摘をしている。

> …主人の丈の高さは威厳を増し、それに「大きな手」は何とも頼もしい。ヘミングウェイは男を描く際、しばしば「手」を描写することによってその人物の特性を表す。手が大きいことが指摘されるとき、そこに「男らしさ」

あるいは「尊厳」の意が込められているのは、この場面にかぎらず『海流の中の島々』でもあらわれる。それはラジオのアナウンサーをしているロドリゲスである。一方、「白い手をした男」は、ホモセクシャルの男である。『日はまた昇る』に現れるブレット・アシュレイが連れ立ってバーにやって来る男たちや、「世の光」に現れる男である。（103）

「大きな手」をしていることは必然的に、「大きな指」をしていることに異存はないであろう。そのように考えるならば、アメリカ人の妻はこの場面において、ホテルの支配人の性的な魅力に惹かれていることが the fat man の指に対する語り手の描写から逆照射されるのである。

3.　the fat man が用いる "we" について

the fat man が会話において頻繁に使用する代名詞 "we" に関して，先行研究では Saltzman が次のような指摘を行っている。

> Perhaps his use of the royal "we" to refer to himself, as though he needed to measure up verbally to his size, makes her realize how dwarfed and submissive she has been. Or perhaps the jokes about her being "sweet" on him lead her to reevaluate her relationship with Rudy, who is similarly incapable of appreciating feelings she can hardly approximate. (24)

しかし、Saltzman の解釈の問題点は、the fat man が会話に頻繁に用いる "we" を "royal we" であると断定していることである。本章では "we" が使用されるコンテクストに留意しながら、the fat man が個々の "we" にどのような意味を込めて用いているのかを、いくつかの場面を取り上げ検証する。

the fat man はこの作品の中で合計 33 回発言している。次に引用するのは the fat man と語り手のウエイトレスとの最初の会話の場面である。

I see to my other tables, a party of four businessmen, very demanding, another party of four, three men and a woman, and this old couple. Leander has poured the fat man's water, and ① I give the fat man plenty of time to make up his mind before going over.

Good evening, I say. May I serve you? I say.

Rita, he was big, I mean big.

Good evening. He says. Hello. Yes, he says. ② I think we're ready to order now. (3)

（下線は筆者による）

下線部①から語り手が the fat man が注文するのを待たせていることが、好意によるものであることを読み取ることができる。四人のビジネスマンが多くを要求することも、語り手の the fat man に対する評価を高めたに違いない。それに対する the fat man の第一声が下線部②である。ここで the fat man が "we" を使っているのは、料理を注文するという行為を、注文をする側の自分と、注文を受ける側の語り手のウエイトレスとの共同作業ととらえているからではないだろうか。同じような用例は次の部分にもみられる。

① I think we will begin with a Caesar salad; he says. And then a bowl of soup with some extra bread and butter, if you please. The lamb chops, I believe, he says. And baked potato with sour cream.

② We'll see about the dessert later.

Thank you very much, he says, and hands me the menu. (3)

（下線部は筆者による）

　下線部①ではシーザーサラダを注文するという行為が、客である the fat man の一方的なものではなく、語り手との共同作業であることが強く示唆されている。また下線部②においても、デザートを何にするか共に考えようという姿勢を読み取ることができる。

　これらの例によって、the fat man は語り手のウエイトレスを、単なる注文を取るための従業員として見ているのではなく、一個の人間として見てお

り、二人の連帯感を重視していることが読み取れる。このような細やかな配慮は、語り手のパートナーである Rudy には恐らく欠如している資質であると考えられる。

　同じパターンは "Cat in the Rain" に既に存在している。第 1 章で引用した部分で "like" という動詞が繰り返し使われていることは、夫の George に欠如した資質をホテルの支配人が持っていることの裏返しであることは、もはや疑うべきもない事実である。[4] この問題につては第 6 節でさらに詳しく論じる。

　the fat man の用いる "we" には、別のニュアンスが込められているものも見受けられる。

> Believe me, he says, we don't eat like this all the time, he says. And he puffs. You'll have to excuse us, he says. (4)

> Believe it or not, he says, we have not always eaten like this.
> Me, I eat and I eat and I can't gain, I say. I'd like to gain, I say.
> No, he says. If we had our choice, no. But there is no choice. (6)

　これら二つの例に於ける "we" は the fat man が、太っているがゆえに不当に差別を受けている人々全体の代表者であるかのようなニュアンスが込められているといえるのではないか。そのことが語り手の心の琴線に触れ、自分も太りたい、つまり the fat man と同一化したいという願望と結びついていると考えられるのである。

4. "shut up" について

　"Cat in the Rain" と "Fat" のクライマックスの場面で、同じ "shut up" という極めて強い表現が用いられていることは注目に値する。まず "Cat in the Rain" からの引用である。

"And I want to eat at a table with my own silver and I want candles. And I want it to be spring and I want to brush my hair out in front of a mirror, and I want a kitty and I want some new clothes."

"Oh, <u>shut up</u> and get something to read," George said. He was reading again. (131)

（下線は筆者による）

妻の切実な訴えに対し、夫の George は極めて強い表現である "shut up" という罵声に近い返答を投げかけ、本を読むことを強要する。

　次に "Fat" から、問題の個所を引用してみよう。

　　Believe me, he says, we don't eat like this all the time, he says. And puffs. You'll have to excuse us, he says.

　　Don't think a thing about it, please, I say I like to see a man eat and enjoy himself, I say.

　　I don't know, he says. I guess that's what you'd call it. And puffs. He arranges the napkin. Then he picks up his spoon.

　　God, he's fat! Says Leander.

　　He can't help it, I say, so <u>shut up</u>. (4)　　　　（下線は筆者による）

語り手は the fat man の見事な食べっぷりをほめるのみならず、彼に対する好意を口にする。それに対して the fat man はこれまでのように代名詞 "we" ではなく "I" で答えているのは注目に値する。恐らくこの部分において語り手と the fat man との距離は最も接近するのである。そのことに全く気付かない Leander は the fat man が太っていることを飽きもせずに繰り返す。そこで語り手の怒りは爆発し、"shut up" という強いセリフが用いられるに至るのである。

　以上考察したように、発する人物と発せられる人物との立場は正反対であるが、作品のクライマックスにおいて "shut up" という語気の強いセリフが発せられていることは、単なる偶然であるとは考えられないのである。

5. 妊娠願望あるいは妊娠について

"Cat in the Rain" において、アメリカ人の妻の妊娠願望、あるいは妊娠が描かれている可能性があるのは次に引用する部分である。

> As the American girl passed the office, the padrone bowed from his desk. Something felt very small and tight inside the girl. The padrone made her feel very small and at the same time really important. She had a momentary feeling of being of supreme importance. (130)

この部分に関して、倉林・河田は次のように指摘する。

> この作品をめぐる最大の学説的論争は、「何かがとても小さく、締め付けられて感じた（Something felt very small and tight inside the girl.）」という一節が妻の妊娠の「事実」あるいは「願望」のどちらを示すかというものです。妻は妊娠をしたのか、それとも妊娠への願望があるだけなのでしょうか。このことは、彼女がその後すぐに感じた「至高の重要存在であるかのような感覚（a momentary feeling of being of supreme importance）」がどこに起因するのかを考えてみればはっきりするでしょう。彼女は母となり喜んだのか、あるいは宿主に恋をして特別な存在になったと感じたのか、自分なりに是非考えてみてください。(51)

一方、"Fat" には妊娠や、妊娠願望をも通り越した表現があらわれる。帰宅後語り手はシャワーを浴びながら次のような想像をする。

> I put my hand on my middle and wonder what would happen if I had children and one of them turned out to look like that, so fat. (6)

このような仮定法による想像が、突然に行われることは興味深い。妊娠願望もしくは妊娠が全く唐突に出現することは "Fat" と "Cat in the Rain" との間テクスト性を考えるうえで、極めて重要であると考えられる。

6. 変身願望について

"Cat in the Rain" において変身願望が現れるのは、次の部分においてである。

> "Don't you think it would be a good idea of my hair grow out?" she asked, look-
> ing at her profile again.
> George looked up and saw the back of her neck, clipped like a boy's.
> "I like it the way it is."
> "I get so tired of it," she said. "I get so tired of looking like a boy."
> George shifted his position in the bed. He hadn't looked away from her since she
> started to speak.
> "You look pretty darn nice," he said. (131)

それに対し、"Fat" においては、変身はもっと過激な形で現れる。

> I get into bed and move clear over to the edge and lie there on my stomach. But right
> away, as soon as he turns off the light and gets into bed, Rudy begins. I turn on my
> back and relax some, though it is against my will. But here is the thing. When he
> gets on me, I suddenly feel I am fat. I feel I am terrifically fat, so fat that Rudy is a
> tiny thing and hardly there at all. (7)

Rudy の独りよがりなセックスに対し、語り手は自分が太ったと思い込むことにより対抗し、遂には Rudy の存在自体をも、消し去るに至るのである。両者の共通点は、現在のパートナーとの関係を、変身することによって打開しようとする強い願望である。

7. George と Rudy との共通点

倉林・河田は George について以下のような指摘をしている。

　ジョージは終始読書に夢中で、妻の要望を無視する頼り甲斐のない夫です。しかし彼は、妻の欲する「雨の中の猫」を拾おうと言ったり、さらに妻が髪を長くしたいと訴えれば現状の短い髪形を褒めます。そして妻が子どものように猫や銀食器のセットをねだると、まるで父親かの口調でそれを一蹴し，頑なに現状変更を認めません。(53)

　Rudy は George にみられるパートナーに対して「上辺だけ男性的に振る舞う」（倉林・河田 53）ことさえない、さらに頼り甲斐のない男である。レストランでの彼の the fat man に対する態度は、他の従業員と同様、嘲りに終始する。さらに彼は the fat man に出会うことによって起こる、語り手の変化について、まるで無頓着である。

　彼の the fat man に対する攻撃は執拗に続く。帰宅してから後も、彼は the fat man や子供のころ知っていた太った子供について、まるでそれを楽しんでいるかのように会話を続ける。

> … I knew a fat guy once, a couple of fat guys, really fat guys when I was a kid. They were tubbies, my God. I don't remember their names. Fat, that's the only name this one kid had. We called him Fat, the kid who lived next door to me. He was a neighbor. The other kid came along later. His name was Wobbly. Everybody called him Wobbly except the teachers. Wobbly and Fat. Wish I had their pictures, Rudy says. (6)

そして、極めつけは、ほぼレイプとでも言うべき、一方的なセックスである。以上のような意味において、Rudy は George の一種のパロディであると言えるかもしれない。

8. 結論

　以上のような観点からの考察の結果、"The Cat in the Rain" と "Fat" とには密接な間テクスト性があることが明らかになったと考えられる。(5) このよう

な間テクスト性は、"Fat" の結末の部分にも反映されている。

> That's funny story, Rita says, but I can see she doesn't know what to make of it.
> I feel depressed. But I won't go into it with her. I've already told her too much.
> She sits there waiting, her dainty fingers poking her hair.
> *Waiting for what?* I'd like to know.
> It is August.
> My life is going to change. I feel it. (7)

"Cat in the Rain" の結末では、視点が George に移るため、メイドが持ってきた猫に対してアメリカ人の妻がどのような感情を抱いたのか、解釈の分かれるところとなっていた。

　三人称の語りで書かれた "Cat in the Rain" に対し、一人称の語りで書かれた "Fat" において、まず語り手はこれまでのように、Rita に語るのをやめる。語り手は自分の話を理解してくれない Rita に落胆しつつも、それ以上の共感を求めることはない。その直後に Rita の指の描写があるのだが、この部分において語り手は Rita の華奢な指と the fat man の太い指を無意識のうちに比較しているのではないだろうか。

　Rita に語るのをやめた語り手は自分自身に「何を待っているのか」問いかける。その次のセンテンス、"It is August" はどのような意味合いで用いられているのであろうか。August には同じ綴りの形容詞 august があり、「威厳のある・堂々たる」という意味がある。ここでも語り手は無意識のうちに、the fat man を想起しているのではないだろうか。

　しかし、語り手の自己認識には限界がある。自分の人生が変わりつつあることを自覚しながらも、語り手はそれを「感じる」だけで言葉にするのは不可能である。カーヴァーはヘミングウェイが視点的人物を入れ替えることによって、多様な解釈を可能にしたことを、一人称の語り手の自己認識を極端に制限することによって、成し遂げていると考えられるのである。

第5章 「ダンスしないか」を精読する

1. はじめに

　レイモンド・カーヴァーの研究は 2009 年に Stull と Carroll によって、*What We Talk About When We Talk About Love*（1981）（以下 *WWT* と略する）のオリジナル原稿である *Beginners* が出版されたことで大きな転換期を迎えている[1]。カーヴァーの原稿に編集者 Gordon Lish が大幅な削除・加筆を行っていたことが 1989 年に Daniel. T. Max によって明らかになって以来、リッシュによる改変の問題はカーヴァー研究において避けて通ることができない課題となっていた。*Beginners* の出版により、オリジナルのテクストとリッシュ の改変を経たテクストとの詳細な比較が可能となり、*WWT* のテクストのみを対象にしてきたこれまでの読みの枠組みを超えた、新たな読みの可能性が開かれた[2]。本章では *WWT* の中でも評価の高い "Why Don't You Dance?"（1977）（以下 WDD と略する）の *Beginners* 版を取り上げ、特に冒頭の部分の分析を中心に、間テクスト性や冠詞の使用例を手掛かりに、新たな読みの可能性を探る。

2. 隠された意匠（1）—" stripped" " candy-striped" "chiffonier"

　以下の引用は *Beginners* 版の WDD の第一段落である。

> In the kitchen, he poured another drink and looked at the bedroom suite in his front yard ①. The mattress was stripped and the candy-striped sheets lay beside two pillows on the chiffonier ②. Except for that, things looked much the way they had in the bed room ᴵ nightstand and reading lamp on his side of the bed, a nightstand and reading lamp on her side ③. His side, her side ④. He considered this as he sipped the whiskey ⑤. The chiffonier stood a few feet from the foot of the bed ⑥.

He had emptied the drawers into cartons that morning, and the cartons were in the living room ⑦. A portable heater was next to the chiffonier ⑧. A rattan chair with a decorator pillow stood at the foot of the bed ⑨. The buffed aluminum kitchen set occupied a part of the driveway ⑩. A yellow muslin cloth, much too large, a gift, covered the table and hung down over the sides ⑪. A potted fern was on the table, along with a box of silverware, also a gift ⑫. A big console-model television set rested on a coffee table, and a few feet away from this, a sofa and chair and a floor lamp ⑬. He had run an extension cord from the house and everything was connected, things worked ⑭. The desk was pushed against the garage door ⑮. A few utensils were on the desk, along with a wall clock and two framed prints ⑯. There was also in the driveway a carton with cups, glasses, and plates, each object wrapped in newspaper ⑰. That morning he had cleared out the closets and, except for the three cartons in the living room, everything was out of the house ⑱. Now and then a car slowed and people stared ⑲. But no one stopped ⑳. It occurred to him that he wouldn't either ㉑.

　　　　(WDD1)（各センテンスに付されている番号はすべて筆者による）

　②の文において "stripped" と "candy-striped sheets" という表現が一文の中に並置されていることは注目に値する。先行研究はこの問題を十分に吟味しているとは言いがたいが[3]Amir はこの表現に着目し、"stripped" と "stripe" の頭韻を指摘している（54）。カーヴァーはなぜ "stripped" と "candy-striped" の表現にこだわったのだろうか。この基本的な問いは政治的な意匠を読み取ることによって解決される。その鍵となるのは "candy-striped" という形容詞である。この語はキャンディーに見られる、明るい色と白の太い縞模様を示し、その典型的な例の一つが星条旗（Stars and Stripes）の赤と白の 13 本のストライプである。"candy-striped sheets" を星条旗と解釈すると、それが "chiffonier" の上に置かれているのも偶然ではない。OED は "chiffonier" の語義のひとつに "rag picker" をあげている。

　"chiffonier" は J.D. Salinger の The Catcher in the Rye（1951）の中で数か所

言及される。1度目の言及は語り手 Holden Caulfield が Spencer 先生の自宅に、退学処分になったことを告げに行く場面で行われる。Spencer 先生が Holden のエジプト人に関する歴史の答案を保管していたのが他ならぬ "chiffonier" である。

> "You glanced through it, eh?" he said very sarcastic. "Your exam paper is over there on the top of my chiffonier. On the top of pile. Bring it here, please." (9)

Holden は自分の答案を "turd"（10）と形容する。また彼は、楽しげに答案を読み上げる Spencer 先生に対して、あからさまな嫌悪感を示している。答案はこの後 Spencer 先生によってベッド目がけて放り投げられる（11）。"chiffonier" は Holden の部屋に Ackley が来る場面で再び言及され、Ackley は普段から快く思っていない Stradlater の "chiffonier" の上にあるサポーターを取り上げベッドに放り投げ（19）、"chiffonier" の上のマイナスのイメージを帯びたものがベッドに放り投げられる、というパターンは繰り返される。

　更に、Holden が売春婦の Sunny をホテルの部屋に呼ぶ場面で "chiffonier" は財布の入った場所として再び言及される（88）。性行為には至らなかったものの、Sunny に払った5ドルの入った Holden の財布が "chiffonier" の中にあった事は興味深い。この後 Holden は罪悪感に苛まれ、イエスがユダを地獄に送ったはずがないと、自分に言い聞かせるように想像する。Holden はユダがキリストを金で売ったことに、自分が Sunny を金で買おうとしたことを重ね合わせ、自らの救済の可能性を探っているのである。

　また5ドルという金額は、Pencey 校の卒業生で格安の葬儀会社を経営する人物である Ossenburger が死者1名について5ドルで葬儀を行っていた金額（14）と符合する。以上のことを考えあわせるならば、この場面においても "chiffonier" に入っていた財布がマイナスのイメージを帯びていることがわかる。このような考察から、サリンジャーが "chiffonier" の "rag picker" という意味を念頭において作品の中で用いている可能性は大きい。カーヴァーのサリンジャーに対する言及は多くはないものの、独自のストーリーを

持った作家として高く評価していたことは明らかである（*Conversations with Raymond Carver* 57）。またリッシュは主催する *Why Work* の原稿依頼をサリンジャーに行い、本人から拒否する電話を受けたという経歴の持ち主であり、拒否されたにもかかわらず本人からの電話を喜んだというエピソードがある（Sklenicka 151）。*The Catcher in the Rye* が 1950 年代、60 年代前半のアメリカ人に与えた影響の大きさを考え合わせるならば、カーヴァーが *The Catcher in the Rye* を読んでいたことはほぼ確実であり、"chiffonier" がマイナスのイメージを持つものと結び付けられ、繰り返し用いられていることに彼が気づき、自らの作品に取り入れた可能性は十分ある。以上のように考察するならば、②の文から、「星条旗が rag picker の上に置かれていると」いう、隠された意匠を読み取ることが可能である。それはさらに "stripped" という表現と響きあい、「剥ぎ取られた星条旗」というイメージを喚起する。

　カーヴァーがこのように密かに「剥ぎ取られた星条旗」のイメージを挿入していることの背景には、1960 年代にアメリカにおいて星条旗に対する侮辱が問題視され、1968 年には The Flag Desecration Act が成立していることを考慮に入れる必要があろう。リッシュがこの部分を全く改変していないことは、両者が隠された意匠を密かに了解していた、言わば共犯関係にあったことを示唆するものである。

　「剥ぎ取られたた星条旗が "rag picker" の上に置いてある」という隠された意匠は、一見何の変哲もない状況描写に政治的な色彩を帯びさせる。WDD 第 1 段落の⑤の部分に始まり作品の中で繰り返される現実逃避としての「飲酒」という行為は、ベトナム戦争の前線に送られたアメリカ兵の多くが、現実逃避のために酒やドラッグを常用していたことと重なる。また冒頭の部分で示唆されている離婚は（この作品では中年男性と相手の女性が夫婦関係にあったのかどうかは明示されてはいないが）ベトナム戦争の帰還兵に多発した問題である。このように考えるならば、カーヴァーは書き出しのわずか 5 文でベトナム戦争により疲弊しきったアメリカの姿を、"yard" という極小の空間に凝縮して表現することに成功していると言えよう。

リッシュ とカーヴァー が政治性という問題で必ずしも一致していたわ
けではないことは、*Beginners* 版テクストの WDD の後半部分の分析、及
びそれに対するリッシュの改変を検証することで明らかとなる。中年の男
(*Beginners* 版では Max) がカップルにダンスするよう勧める場面で、"It's
my driveway. You can dance." (5) と発言する。さらに若い女性 (*Beginners* 版
では Carla) と Max が踊る部分では、近隣の住民の視線を気にする Carla に
対し、"It's my driveway. We can dance." (5) と "driveway" という表現を繰り
返している。

また Carla が Max との出会いで感じたものを何とかして他者と分かち合お
うとする結末の部分において Carla は、"All his belongings right out there in his
yard. I'm not kidding. We got drunk and danced. In the driveway." (6) と発言し、
Max のみならず Carla も "yard" と "driveway" を厳格に区分して用いているこ
とがわかる。

何故カーヴァーは "yard" と "driveway" の区別にこだわったのであろうか。
この問題を考察するにあたっては、作品を生み出すもとになっているエピ
ソードを考慮する必要がある。カーヴァーは WDD に関するインタビューに
答え、作品を執筆する契機となったエピソードが Linda という bar maid が酒
に酔い "back yard" にすべての家具を置いたことであったことを語っている
(*Conversations with Raymond Carver* 42)。"yard" は本来、"front yard" (前庭)
と "back yard" (裏庭) の両方を指す表現として用いられる。"back yard" に
は「縄張り」の意味があり、アメリカ合衆国の中南米諸国に対する帝国主
義的な政策に対してしばしば用いられる。カーヴァー は「自分の縄張り (影
響下にある国) では何をしてもよい」という解釈が生ずることを危惧し、
"yard" と "driveway" を厳格に区別し用いている可能性があるのではないか。

リッシュの改変を見てみよう。リッシュは中年の男 (リッシュは名前を
明らかにしていない) がカップルに踊るよう勧める発言を "It's my yard. You
can dance if you want to." (*WWT* 8) と "driveway" を "yard" に書き換え、さら
に中年の男と若い女性 (Carla という名前をリッシュは消去している) がダ

ンスする際の発言を "It's my place." に書き換え（WWT 8）、自分の所有地で
あることを強調する改変を行っている。この改変はカーヴァーが恐れていた
政治的解釈を生み出す可能性に対し、リッシュが鈍感であったことを示すも
のである。

3. 隠された意匠（2）—「本を読む」という行為

　WDD の第 1 段落の③④の部分について分析する。最初に考察する必要が
あるのが、何故 "night stand" と "reading lamp" が二つの版に共通して繰り返
し用いられているのかという基本的な問題である。

　このことに関して Bethea は "Having sex and reading in bed seldom occur
simultaneously, and the repetition emphasizes reading. The yellowness of the "muslin
cloth, much too large" also suggests the relation's decay (284)" と興味深い指摘を
している。「本を読む」という行為が男女間の不和を表すという解釈を裏付
けるため、Ernest Hemingway の *In Our Time*（1925）に収録された短編 "Cat
in the Rain" を二番目のテクストとして導入する。この作品では「本を読む」
とういう行為が繰り返し現れる。引用部は結末に近い部分におけるアメリカ
人夫婦の会話である。

> "And I want to eat at a table with my own silver and I want candles. And I want it to
> be spring and I want to brush my hair out in front of a mirror, and I want a kitty and
> I want some new clothes."
> "Oh, shut up and get something to read," George said. He was reading again. (*In Our
> Time* 94)

"Cat in the Rain" に関しては様々な読みがなされているが、「本を読む」とい
う行為が男女間のコミュニケーションを阻害するものとして描かれていると
ういう点では研究者の間で大きな見解の相違は見られない[4]。カーヴァーは
インタヴューの中でこの作品に繰り返して言及し、高い評価を与えている

（*Conversations with Raymond Carver* 17）。

　次に「本」について考察してみよう。WDD には "book" という語は一度も使われていない。しかし同じエピソードから発想を得、先に執筆されたカーヴァーの詩 "Distress Sale" には "boxes of assorted books and records"（*All of Us* 5） "The man, my friend, sits at the table and tries to look interested in what he's reading—Froissart's Chronicle it is,"（*All of Us* 5）と二か所にわたる具体的な言及がある。カーヴァーは WDD を執筆する際にヘミングウェイの "Cat in the Rain" を先行テクストとして意識し、既に男女間のコミュニケーションの断絶の象徴として用いられている「本を読む」という表現をあえて避け、その代わりに「本を置く」場所としての "nightstand"、「本を照らし出す」ものとしての "reading lamp" をイタリック体にして強調し、反復して用いているという解釈が成り立つ。直後の文で男は現実から目をそむけようとするかのようにウイスキーをすする。男に飲酒癖があること、さらに飲酒が現実逃避を目的に行われていることを考え合わせると、"nightstand" の上に置かれていたものは本ばかりではなく、酒の入ったグラスであった可能性もある。このように考えるならば、"nightstand and reading lamp" の表現の背後に、語りの焦点である男が思い描いていたのは、一つのベッドを共有しながらも、「本を読む」という行為によりそれぞれ別の世界に閉じこもり、コミュニケーションを断った男女の姿であることがわかる。飲酒という行為が加わることにより、男女間の断絶はさらに深まる。

　そのように考えるならば、同じベッドに若いカップルが横になり会話する次に引用する場面は興味深い。*Beginners* 版からの引用である。

　　　"Come here , Jack. Try this bed. ① <u>Bring one of those pillows,</u>" she said.

　　　"How is it?" he said.

　　　"Try it," she said.

　　　He looked around. The house was dark.

　　　② <u>I feel funny,</u>" he said". Better if anybody is home."

She bounced on the bed.

"Try it first," she said.

（中略）

"Kiss me," she said.

"Let's get up," he said.

"Kiss me. Kiss me honey," she said.

She closed her eyes. ③ She held him. He had to prize her fingers loose.

He said, "I'll see if anybody's home," but he just sat up.

The television set was still playing. Lights had gone on in the houses up and down the street. He sat on the edge of the bed.

④ Would't it be funny if," the girl said and grinned and did't finish.

He laughed. ⑤ He switched on the reading lamp. (2)

（番号と下線部はすべて筆者による）

下線部①より、女性が男性と一つの枕で寝るという提案をしていることがわかる。作品の冒頭部分とは対照的に、この場面では男女の肉体的・精神的な親密さが強調されている。引用部分では会話が続き、冒頭の部分で暗示されている男女間の言語的コミュニケーションの欠如した状況とは、対極の状況が描かれている。同時に下線部②④に見られる "funny" という形容詞を二人が別の意味で使っていること（下線部②は「奇妙な」下線部④は「面白い」という意味であろう）から、二人の間に言葉における擦れ違いがすでに生じていることが示唆されている。二人のすれ違いは言語によるコミュニケーションのみならず、肉体によるコミュニケーションに関しても当てはまる。女性は男性にキスをせまり、二人の肉体的密着度は高まるが、下線部③において男性は「指をはがす」ことにより女性のキスを拒絶する。リッシュはこの部分を削除し、その結果男性が女性を拒絶する姿勢は著しく弱まる。

　下線部⑤の "reading lamp" をつけるという男性の行動は、既に考察したように "Cat in the Rain" との間テクスト性を考慮するならば、言語及び肉体におけるコミュニケーションの遮断・拒絶という意味合いを帯びている。カー

ヴァーはこの部分で若いカップルが年配のカップルと同じ冷めた関係に陥る可能性を、凝縮された表現で描いている。下線部⑤に関してはリッシュは、"The boy laughed, but for no good reason. For no good reason, he switched the reading lamp on."（*WWT*5）と "reading lamp" をともすという行為を強調する書き換えを行っている。この改変は下線部③の改変により弱められた、男性が女性を拒絶する姿勢を補い、強調するものである。"reading lamp" に込められた意味に関してリッシュはカーヴァーの意図を理解していたと言えよう。

4.　テクストの揺らぎ―冠詞からの考察

　WDD の第 1 段落における定冠詞及び不定冠詞を分析することにより、興味深い事実が浮かび上がってくる。この作品におけるリッシュの改変は *WWT* に収められた他の作品に比べて約 9 パーセントと低いものであるが、第一段落における冠詞に関する改変はわずかに 1 ヵ所だけである。カーヴァーは興味深い冠詞の使い方をしている。冒頭の二文において、"the kitchen"、"the bedroom suite"、"the mattress"、"the candy-striped sheets"、"the chiffonier" と初出の名詞にすべて定冠詞 the が用いられている。Leech と Short によると、定冠詞 the の機能は、文脈によってそれとわかるものを特定化することであり、文脈のレヴェルにおける一貫性を表す傾向にある。その結果、語り手は背景知識を読者と共有するかのように振舞っているとみなされ、読者は周囲の背景知識になじんでいるかのような感覚にとらわれ、すでに小説世界の住人となっているかのような感覚を持つに至るのである（24）。

　しかし、そのような読者の感覚は③の文以降変化を余儀なくされる。③の "nightstand and reading lamp on his side of the bed, a nightstand reading lamp on her side of the bed" の部分において、前半では無冠詞であるのに対し、後半では不定冠詞が用いられていることは注目に値する。前半部分が無冠詞な

のは "nightstand" と "reading lamp" が一対と捉えられていることによる。後半では既に言及されている "reading lamp" と "night stand" が不定冠詞を伴って、新情報として示されている。カーヴァー は女性の側の "nightstand" と "reading lamp" を新たに立ち現われたものとして提示する。このことによって、語りの焦点である中年男の、去って行った女性に対する心の揺らぎが暗示されている。その揺らぎは⑤のウイスキーを飲むことにより一旦収まることが⑥、⑦の文で名詞に定冠詞が用いられていることによりわかる。しかし⑦の部分で引き出しを既に空にしていることを契機に、冠詞の使い方は大きく変化する。⑧の "A portable heater was next to the chiffonier." の部分において、既知の情報から未知の情報へという通常の流れが変化し、未知の情報から既知の情報へという逆の流れが生じている。このことにより、未知の情報が前景化される結果がもたらされ、読者の前には物がまず未知のものとして立ち現われ、既知の物と関連付けられることとなる。同様のパターンは次の文にも引き継がれている。このような冠詞の用法は続き、⑬の文ではすべての名詞に不定冠詞が付き、あらゆるものが新情報として提示され、物と物との関係性が著しく不安定化する。直後に⑭の文があるのは興味深い。カーヴァーは物と物との関係性の解体のベクトルが頂点に達した時点で、"extension cord" という人工的な結合のベクトルを挿入している。これにより解体は停止し、⑮の文では定冠詞が復活し、⑰の文では新情報を違和感なく紹介する "there is" 構文がこの作品で初めて登場する。さらに㉑の文においては、語りの焦点である男が、"yard" と "driveway" に展開される光景を、車で偶然に通り合わせた他者の視点に、自らの視点を重ね合わせて見ていることが暗示されている。このことは、自分が置かれた状況を、男が距離をとって眺める余裕ができたことを示している。以上のように考察すると、カーヴァーの冠詞の使用は綿密な計算に基づいたものであり、描写の背後にある語りの焦点である男の心の揺らぎは、テクストを丹念に読めば、テクスト内の因果関係によって結び付けられたものであることが分かる。

リッシュは③の文を "Except for that, things looked much the way they had in the bedroom night stand and reading lamp on his side of the bed, nightstand and reading lamp on her side." と書き換え、不定冠詞を取り除きバランスを重視する。この改変によって（9）の文以降におこる物と物との関係性の解体が唐突におこることになる。さらにリッシュは④の文 His side, her side. の部分を改行し強調するが、このことにより Carver のテクストに見られる思考の連続性は失われている。またリッシュは⑭を⑱の文の後ろに移動させ、統合する力をより強調する書き換え "He had run an extension cord on out there and everything was connected. Things worked, no different from how it was when they were inside." （*WWT*4）を行い、解体と統合の力が均衡している状況を作り出す。カーヴァーが語りの焦点である男の心の揺れを重視しているのに対し、リッシュ が重視するのは表現上のバランスである。この改変によって⑬の部分で示されている物と物との関係性の解体が、⑮以降の部分で再び統合の方向に向かうことの根拠が失われている。リッシュの改変したテクストでは物と物との関係性が何の前触れもなく解体し、唐突に回復されるのである。

5. 結論

間テクスト性を論ずるにあたって必ずといって問題になるのは、テクストの作者が間テクスト性を実際に意識していたかどうかという問題である。Lodge は間テクスト性に関して、Joseph Conrad の *The Shadow-Line*（1917）と Samuel Taylor Coleridge の "The Rime of the Ancient Mariner" の間テクスト性を論じ、テクストの中にはコンラッドがコールリッジに意図的に言及したのかどうかを示す明確な根拠はないと述べ、意図的であったかなかったかということは興味深い問題ではあるが、追究しても作品の解釈には大きな影響を及ぼさないと論じている（101）。また Klepp は間テクスト性をカーヴァーの作品の解釈に導入することの重要性を強調する一方で、間テクスト性を追求することの限界を指摘する（373）。しかし *Beginners* が刊行された同じ年

に、Sklenicka によってカーヴァーに関する詳細な伝記的事実が明らかにされていることを考え合わせるならば、カーヴァー研究において伝記的事実に配慮しながら、間テクスト性を考察することの意義と可能性は、拡大しつつあると言えよう。

（第4節を執筆するにあたり、武庫川女子大学教授佐藤勝之氏から多くの助言をいただいたことを深く感謝いたします。）

第3部　村上春樹編

第1章　村上春樹「アイロンのある風景」を間テクスト性から読む

1.　はじめに

　本章の目的は、2000 年に出版された『神の子どもたちはみな踊る』の二番目に収録された短編小説「アイロンのある風景」をとりあげ、間テクスト性、及び「父」なる概念という観点から分析を行い、この短編が村上文学における大きな転換点となっていることを示すことにある。『神の子どもたちはみな踊る』に収録された作品は、いずれも村上の故郷に壊滅的な打撃を与えた、1995 年 1 月 17 日に発生した阪神大震災と関連がある。収録された 7 編の短編の中で、「アイロンのある風景」は次のような特徴を備えていることにおいて注目に値する。

(1) 作品中に Jack London の代表的な短編小説の一つである "To Build a Fire" に関する直接かつ詳細な言及がある。

(2) 作品構造が、レイモンド・カーヴァーのいくつかの短編小説と酷似している。またカーヴァーの代表作の一つである "Where I'm Calling From" の語り手が、作品の結末に近い部分でロンドンの "To Build a Fire" に直接言及している。

(3)『神の子どもたちはみな踊る』の最初に収録された「UFO が釧路に降りる」には見いだすことのできない「父」の存在が濃厚である。この「父」なる概念は同じ短編集に収められた「神の子どもたちはみな踊る」「タイランド」においても重要な役割を果たしている。

　次に「アイロンのある風景」のあらすじを記す。順子は高校 3 年生の 5 月に埼玉県の実家を家出し、茨城県の海沿いの小さな町で、大学生の啓介と同棲している。コンビニの店員として働く彼女は、関西弁を話す一見風変わりな常連客三宅さんと知り合いになり、三宅さんが時折海岸で行う焚き火に誘われるようになる。作品の冒頭で、これから焚き火をするという三宅さんか

らの電話が入り、順子はいやがる啓介を伴い海岸に向かう。三人は焚き火を囲み、ウイスキーを飲みながら語り合うが、啓介は突然便意を催し、一人で家に帰ってしまう。残された順子は三宅さんから震災のあった神戸に残してきた家族のことを聞き出そうとするが、三宅さんの口は堅い。二人の話題は焚き火の炎が、焚き火を見つめる心を映し出すことに及び、順子は突如自分が空っぽであることを三宅さんに告白する。三宅さんは一緒に死ぬことを提案するが、順子は睡魔におそわれ、焚き火が消えるまでつかの間の眠りにつくことを告げ、作品は終わる。

2. 「アイロンのある風景」と Jack London、Raymond Carver との間テクスト性

巽は『神の子どもたちはみな踊る』とカーヴァーとの関連について次のように指摘している。

> この連作に触れて、わたしは最初、<u>これは村上春樹がレイモンド・カーヴァーに最も接近した連作集ではないかと思った。</u>これまでにも長篇，短篇問わず先行者の影を感じることが少なくなかったが、とりわけカーヴァーの「ぼくが電話をかけている場所」に自然主義を代表するアル中作家ジャック・ロンドンの死に方への言及があるように、村上春樹の連作第二作「アイロンのある風景」においても同じジャック・ロンドンの死に方が綴られている。
>
> （190）
>
> （下線は筆者による）

巽の指摘は的確なものであり、日本文学研究者による村上作品の研究において見過ごされてきた、カーヴァーの村上作品に対する少なからざる影響という重要な側面を明らかにしている[1]。さらに巽は「Jack London の死に方」に焦点をあてているが、"Where I'm Calling From" と「アイロンのある風景」に共通する要素はもう一つ存在する。それは ロンドンの短編の代表作のひとつである "To Build a Fire" に関する言及が見られることである。

　まず "Where I'm Calling From" における "To Build a Fire" に関する言及を考察してみよう。語り手は妻との平穏だった生活に暫く思いをはせたのち、妻か愛人かのどちらかに電話をする決意をする。それに続く部分である。

> I try to remember if I ever read any Jack London books. I can't remember. But there was a story of his I read high school. "To Build a Fire," it was called. This guy in the Yukon is freezing. Imagine it—he's actually going to freeze to death if he can't get a fire going. With a fire, he can dry his socks and things and warm himself.
>
> He gets his fire going, but then something happens to it. A branchful snow drops on it. It goes out. Meanwhile, it's getting colder. Night is coming on.　(296)

　ここで注目すべきなのは、語り手が「火を熾す」ことではなく「火を燃やし続ける」ことの重要性を繰り返し述べていることである。直前の妻との幸福だった日の回想により語り手の心の中で、既に火は熾っていたのである。語り手に必要なのはその火を絶やさないことである。火を燃やし続けるために、語り手は電話という最後に残されたコミュニケーションの手段を用いて、かつて愛し共に暮らした女性たちとのつながりを回復しようと試みる。引用部に示されているように、一旦熾った火が消えてしまう部分で語り手の "To Build a Fire" についての言及は終わる。火が消えることは語り手にとって、幸福な過去の追想から、アルコール依存症という厳しい現実へと引き戻されることを意味する。そして、再び火を熾すことができるか否かは、語り手がアルコール依存症から立ち直ることができるかどうかという問題に直接かかわることである。語り手がここで "To Build a Fire" に関する言及を突然止め、結末を語りたがらないのは当然であろう。

　"To Build a Fire" には *Youth's Magazine* に掲載された 1902 年版と、全面的に書き換えられ *The Century Magazine* に掲載された 1908 年版という、二種類の版が存在する。語り手が言及しているのは、両方の版に共通する部分までであり、ここからの展開が二つの版では大きく異なる。1902 年版では、主人公の Tom Vincent は苦心惨憺の後、再び火を熾すことに成功し、翌日

Cherry Creek Divide にある野営地にたどりつき、凍傷にかかりながらも一命を取り留める。この版は Tom が "Never travel alone." (62) という教訓を得たことによって締めくくられている。

　一方 1908 年版では主人公（名前がない）は一旦火を熾すことに成功するものの、焚き火により温められた空気によって、木の枝から落ちた雪で火が消えてしまうところまでは同じである。ここからの展開が 1902 年版とは大いに異なる。男は再び火を懸命に熾そうとするが、寒さのため手が麻痺してしまい失敗におわる。凍死の危機にさらされた男は暖をとるため、連れていた犬を殺し、その体内に潜り込むことにより生き延びようとするが、もはや犬を殺す力も残されてはおらず、朦朧とした意識の中で死を迎えることとなる。

　"Where I'm Calling From" の語り手がどちらの版をハイスクールで読んだのかに関して、決定的な証拠は見当たらないように思われる。語り手が "This guy" と発言していることから、主人公の名前のない 1908 年版を読んだ可能性は考えられるが、語り手の "To Build a Fire" に関する記憶はかなり曖昧であり、Tom Vincent という 1902 年版の主人公の名前を忘れていたことは十分にありえる。カーヴァーは語り手の "To Build a Fire" への回想を中途で終わらせることにより、内容の大きく異なる "To Build a Fire" の二つの版を間テクストとして取り入れ、自らの作品の結末を開かれたものにしたのではないだろうか。

3. 「アイロンのある風景」と "Where I'm Calling From" の間テクスト性

　それに対して「アイロンのある風景」における "To Build a Fire" に関する言及は、明らかに 1908 年版に基づいている。"To Build a Fire" に最初に言及するのは順子である。重要な箇所なので全文を引用する。

　順子はいつものようにジャック・ロンドンの『たき火』のことを思った。ア

ラスカ奥地の雪の中で、一人で旅をする男が火をおこそうとする話だ。火が
つかなければ、彼は確実に凍死してしまう。日は暮れようとしている。彼女
は小説なんてほとんど読んだことがない。でも高校一年生の夏休みに、読書
感想文の課題として与えられたその短篇小説だけは、何度も何度も読んだ。
物語の情景はとても自然にいきいきと彼女の頭に浮かんできた。死の瀬戸際
にいる男の心臓の鼓動や、恐怖や希望や絶望を、自分自身のように切実に感
じることができた。でもその物語の中で、何よりも重要だったのは、基本的
にはその男が死を求めているという事実だった。彼女にはそれがわかった。
うまく理由を説明することはできない。ただ最初から理解できたのだ。この
旅人はほんとうは死を求めている。それが自分にはふさわしい結末だと知っ
ている。それにもかかわらず、彼は全力を尽くして闘わねばならない。生き
残ることを目的として、圧倒的なるものを相手に闘わなければならないの
だ。順子を深いところで揺さぶったのは、物語の中心にあるそのような根源
的ともいえる矛盾性だった。

　教師は彼女の意見を笑い飛ばした。この主人公は実は死を求めている？
教師はあきれたように言った。そんな不思議な感想を聞いたのは初めてだ
な。それはずいぶん独創的な意見みたいに聞こえるねえ。彼が順子の感想文
の一部を読み上げると、クラスのみんなも笑った。

　しかし順子にはわかっていた。間違っているのはみんなの方なのだ。だっ
て、もしそうじゃないとしたら、どうしてこの話の最後はこんなにも静かで
美しいのだろう？（44-45）

高校一年生の順子が "To Build a Fire" のオリジナル版を英語で読んだとは考
え難い。「学校の成績も自慢できたものではなかった。中学校に入った頃は
クラスでも上の方だったが、卒業するときにはうしろから数えた方が早く、
高校に入るのもやっとだった」（59）という記述から判断すると、順子が読
んだのは "To Build a Fire" の翻訳であり、読書感想文を課した教科は国語で
ある可能性が高いと考えるのが妥当であろう。これまでに出版された邦訳は
筆者が調べた限りにおいては、すべて 1908 年版によるものである。さらに、
引用部分において「たき火」と題名が表記されていることを考慮するなら

テクスト探究の軌跡―ヘンリー・ジェイムズ、レイモンド・カーヴァー、村上春樹―

ば、順子の読んだ翻訳は 1993 年に英宝社から出版された小野協一郎による邦訳『小麦相場・たき火』であることが特定可能である。もちろんこの翻訳も 1908 年版に基づくものである。[2]

　村上はカーヴァーの "Where I'm Calling From" を読み翻訳した際に、言及されているのが 1902 年版である可能性を既に排除していた可能性もある。英米で出版されているアンソロジーでも採用されているのは、ほとんど 1908 年版である事を考慮すれば、村上が 1902 年版の存在自体を知らなかった可能性も完全には否定できないであろう。いずれにせよ、カーヴァーの "Where I'm Calling From" では払拭しきれない 1902 年版の可能性を、完全に排除して成り立つテクストが「アイロンのある風景」なのである。その結果、三宅さんの熾した焚火は死へと直接つながることになる。なお村上がカーヴァー経由で "To Build a Fire" のテクストを自らのテクストに取り込んだ可能性については第 5 節でさらに詳しく論じる。

　引用部分における順子の解釈は、1908 年版の結末に近い、次に引用する部分を考察するならば、的確で優れたものであるように思われる。

> When he had recovered his breath and control, he sat up and entertained in his mind the conception of meeting death with dignity. However, the conception did not come to him in such terms. His idea of it was that he had been making a fool of himself, running around like a chicken with its head cut off –such was the simile that occurred to him. Well, he was bound to freeze anyway, and he might as well take it decently. With this new –found peace of mind came the first glimmerings of drowsiness. A good idea, he thought. (149)

順子の解釈を国語の教師が嘲笑する部分は、村上自身の学校教育や教師に対する批判的な見解が反映されていると考えられる。次に村上自身の学校教育や教師に対するコメントを引用してみよう。

　考えてみれば、そこで（村上の出身中学）教師たちに日常的に殴られたこと

によって、僕の人生はけっこう大きく変化させられてしまったような気がする。僕はそれ以来、教師や学校に対して親しみよりはむしろ、恐怖や嫌悪感の方を強く抱くようになった。人生の過程で何人か優れた教師に出会ったことはあったが、その人たちに個人的に接触したことはほとんどない。どうしてもそのような気持ちになれなかったのだ。これもまた不幸な事である。（『村上朝日堂はいかにして鍛えられたか』（23-24）引用の（　）内は筆者による。）

考えてみたら、ホールデン君と同じように、僕は学校という機構に対して今ひとつ好意が抱けなかった。勉強も好きではなかったし、したがって試験の成績もあまり芳しくなかった。授業は退屈だったので、だいたいずっと本を読んでいた。僕はもともと「これをやれ」と上から押しつけられた物を、素直に「はい、わかりました」と引き受けられない性格なのだ。早い話が身勝手なだけなんだけど、自分がやりたいと思うことしか身を入れてやれない。それに加えて先生たちの多くは、たまたまというべきか、あまり個人的に敬愛したいタイプの人々ではなかった。教え方も感心できないことが多かったし、しばしば暴力が行使された。（『雑文集』231-232）

順子に対する教師の発言は、言葉による暴力であると言えよう。またその教師の担当科目が国語の可能性が高いことは興味深い。村上はインタビューに次のように答えている。

　　―あなたのお父さんは国語の先生だったのですね？
　　村上　そうです。だからこそそこにはまあ、よくある父親と息子の葛藤みたいなものもあったわけです。それもあって、僕は西洋の文化にどんどん引き寄せられていった。ジャズとドストエフスキーとカフカとレイモンド・チャンドラーの世界に。それはまわりとは関係ない、僕一人の個人的な世界だったんです。　　（『夢を見るために毎朝僕は目覚めるのです』213）

以上の村上自身の発言を踏まえるならば、順子の独創的な解釈に対する教師の言動が、村上自身の学校制度・教師に対する反発と、父親と息子との葛藤

をある程度反映していると考えるのは、あながち的外れとは思われないのである。

4. 三宅さんによる **Jack London** への言及

　三宅さんがロンドンに言及する部分を引用する。

　　「ジャック・ロンドンというアメリカ人の作家がいる」
　　「焚き火の話を書いた人だよね？」
　　「そうや。よう知ってるな。ジャック・ロンドンはずっと長いあいだ、自分は最後に海で溺れて死ぬと考えていた。必ずそういう死に方をすると確信してたわけや。あやまって夜の海に落ちて、誰にも気づかれないまま溺死すると」
　　「ジャック・ロンドンは実際に溺れて死んだの？」
　　三宅さんは首を振った。「いや、モルヒネを飲んで自殺した」
　　「じゃあその予感は当たらなかったんだ。あるいはむりに当たらないようにしたということかもしれないけど」
　　「表面的にはな」と三宅さんは言った。そしてしばらく間をおいた。「しかしある意味では、彼は間違ってなかった。ジャック・ロンドンは、真っ暗な夜の海で、ひとりぼっちで溺れて死んだ。アルコール中毒になり、絶望を身体の芯までしみこませて、もがきながら死んでいった。予感というのはな、ある場合には一種の身代わりなんや。ある場合にはな、その差し替えは現実をはるかに超えて生々しいものなんや。それが予感という行為のいちばん怖いところなんや。そういうの、わかるか？」
　　順子はそれについてしばらく考えてみた。わからなかった。
　　「自分がどんな死にかたするかなんて、考えたこともないよ。そんなこととても考えられないよ。だってどんな生き方をするかもまだぜんぜんわかってないのにさ」
　　三宅さんはうなずいた。「それはそうや。でもな、死にかたから逆に導かれる生き方というものもある」
　　「それが三宅さんの生き方なの？」
　　「わからん。ときにはそう思えることもある」（61-62）

順子の最初の発言で「たき火」ではなく「焚き火」という表記が使われていることに注目しよう。村上は、書名としての「たき火」と「焚火をする」という行為とを、厳格に区別していることが理解できる。このことから、順子が読んだ翻訳が小野訳の「たき火」であることを再確認することが可能であると言えよう。

　順子のロンドンに対する知識が「たき火」という短編小説に限られていることは、一見不自然であるように思われる。高等学校の読書感想文の課題の作者の生涯について、教師が全く触れなかったというのはあり得ることであろうか。「頭が悪いというのではない。ただものごとに意識を集中することができないのだ。何かをやり始めても、最後までやり終えることができなくなった。集中しようとすると、頭の芯が痛んだ。呼吸が苦しくなり、心臓の鼓動が不規則なった」（59）という順子の高校生活に関する記述を考慮するならば、教師の説明を順子の頭が受け付けなかった可能性もありえるであろう。

　それに対し、三宅さんのロンドンに関する言及は、彼がロンドンの他の作品を深く読みこんでいることを示唆している。ロンドンが「ずっと長い間、自分は最後に海で溺れて死ぬと考えていた。必ずそういう死に方をすると確信してたわけや。あやまって夜の海に落ちて、誰にも気づかれない溺死すると」（72）の記述から、ロンドンが自殺を突如を思い立ち、溺死寸前なりながらも未遂に終わった体験を描いた、自伝的長編小説 *John Barleycorn*（1913）を三宅さんが読んでいる可能性が推測される。さらにロンドンの死に関する「ジャック・ロンドンは真っ暗な夜の海で、ひとりぼっちで溺れて死んだ。アルコール中毒になり、絶望を、身体の芯までしみこませてもがきながら死んでいった」（72）という描写は、自伝的長編小説 *Martin Eden*（1909）の結末の描写を踏まえたものであろう。またロンドンの死因についての発言からは、三宅さんが Stone の *Sailor on Horseback*（1969）を読んでいる可能性が窺われる。[5]

　三宅さんのロンドンに関する知識は、村上自身のロンドンに関する知識と

完全に重なっていることが、次の引用から判明する。

> ジャック・ロンドンは僕と誕生日が同じで、だからというわけでもないのだ
> が、僕は彼の小説をよく読む。ロンドンの小説世界の概要を知るには、アー
> ヴィング・ストーンの書いた伝記『馬に乗った水夫』を読むのが一番てっと
> りばやいだろう。これはロンドンの波瀾万丈の生涯を要領よく、スリリング
> にまとめた読み物で、飽きずに読める。これとロンドンが書いた自伝的小説
> 『マーティン・イーデン』を併読すると、彼の巨大にして複雑な人間像がか
> なりくっきりと浮かび上がってくる。『マーティン・イーデン』の方は結構
> 癖のある作品だが、読者の足を掴んでそのまま奈落の底までひっぱりこんで
> しまいそうな独特の凄みがそこにはある。なにしろロンドンは、自己の投影
> である主人公の作家マーティン・イーデンを本の最後で自殺させ、そのあと
> 自分もまたその小説をなぞるように、名声の絶頂で自殺を遂げてしまうので
> ある。(『雑文集』339-340)

5. カーヴァーのテクストとのさらなる繋がり

「アイロンのある風景」がカーヴァーの強い影響のもとに書かれている
ことを示すのは、順子の同棲相手啓介の言動である。カーヴァーの作品に
おいては "Fat" の語り手のレストランのウェイトレスや、"Why Don't You
Dance?" の少女のように、偶然遭遇した他者との交流を通して大きな影響
を受け、その後の生き方が変わってしまう人物と、"Fat" の Rudy や "Why
Don't You Dance?" の Jack のように、他者との交流を経験しても何の影響も
受けない人物という、両極端の人物が登場する。後者に共通するのは、他者
との交流に影響されず、終始同じ話題を繰り返すということである。
　例えば Rudy はレストランの厨房で男が太っていることのみを話題にし、
帰宅後も自分が子供だったころに知っていた二人のデブの話を語り続け
る。また Jack が話題にするのはヤード・セールの品ものの値段と支払いの
方法というお金に関する話題と、自分がいかに酒に酔っているかという話題

の二点である。さらに Rudy と Jack に共通するのは、作品の結末において存在感が著しく小さくなるか、姿を消してしまうということである。啓介は下ネタを連発し、作品の中途で便意をもよおし姿を消す。その意味で彼は、カーヴァー文学の登場人物の一方の系譜に連なる典型的な存在であると言えよう。

さらに作品構造に注目するならば、家族と離別した中年の男性と若いカップルの組み合わせ、談笑しながらの飲酒、カップルのうち男性が途中で消える、そのあとに残された中年の男性と女性との間の関係に大きな変化が生じる、という流れが浮かび上がってくる。この点において「アイロンのある風景」と "Why Don't You Dance?" の作品構造はぴたりと一致するのである。

また三宅さんのトラウマになっている冷蔵庫は、カーヴァーの "Preservation" では象徴的な意味合いを帯びて描かれている。突然壊れた冷蔵庫は、Sandy と夫との結びつきの崩壊を象徴している。また冷蔵庫が壊れた時、Sandy が懐かしく思い出すのは、父と納屋で行われるセールに行った思い出である。ただしその父はセールで格安で買った車の欠陥が原因で、命を落としている。"Preservation" の結末において、冷蔵庫は Sandy にとって父の思い出と父の死という二つの記憶を呼び覚ますのである。

「アイロンのある風景」の結末の描写に関してもカーヴァーの作品との関連を見出すことが可能である。

> 「少し眠っていい？」と順子は尋ねた。
> 「いいよ」
> 「焚火が消えたら起こしてくれる？」
> 「心配するな。焚火が消えたら、寒くなっていやでも目は覚める」
> 彼女は頭の中でその言葉を繰り返した。焚き火が消えたら、寒くなっていやでも目は覚める。
> それから身体を丸めて、束の間の、しかし深い眠りに落ちた。(66)

比較検討するため、カーヴァーの *Cathedral* に収められた "The Compartment"

テクスト探究の軌跡―ヘンリー・ジェイムズ、レイモンド・カーヴァー、村上春樹―

の結末を引用する。

> He leaned against the seat and closed his eyes. The men went on talking and laughing. Their voices come to him as if from a distance. Soon the voices became part of the train's movements— and gradually Myers felt himself being carried, then pulled back, into sleep. (58)

"The Compartment" の主人公は、行き先もわからない列車に揺られながら、順子と同様に束の間の深い眠りにつくことで作品は終わっている。この作品のテーマが、父と息子との葛藤であることは興味深い。さらに死の直前（本当に順子が三宅さんと死ぬのかは解釈が分かれると思われる。三宅さんが死に方から導かれる生き方もあると発言していることから、順子は死を選ばない可能性は大いにあると考えられる）に訪れる、束の間の平穏な眠りという点では、第3節で既に引用した "To Build a Fire" の結末部分とも類似する要素がある。以上のように考察するならば、「アイロンのある風景」の結末の部分は、ロンドン、カーヴァーの二つのテクストとの密接な繋がりがあることが理解されるのである。

6. 『神の子どもたちはみな踊る』に収録された他の作品との関連―「父」なるもの

『神の子どもたちはみな踊る』に収録された短編小説に共通するのは、主要な登場人物が間接的な形で阪神大震災の影響をうけ、人生が変わるような体験をすることである。「アイロンのある風景」では三宅さんの離別した家族が神戸市東灘区に住んでおり、安否が不明であるという点で、阪神大震災との接点がある。阪神大震災以外にも、同じ要素が複数の作品に現れる例は多い。順子が自分の存在がからっぽであると三宅さんに訴える部分は、「UFOが釧路に降りる」で「あなたとの生活は、空気の固まりと一緒に暮らしているみたいでした」(13) と妻に告げられる主人公小村と「空虚さ」という要素を共有していると言えよう。

「父との確執」も繰り返し現れる要素である。具体的に論ずるならば、「アイロンのある風景」で順子が家出をする原因の一つは、思春期を迎える頃から父親が「それまでとは違った奇妙な視線」（50）で自分の事を見るようになり、父親の顔を見ることが苦痛になったからというものであり、父親との近親相姦の可能性に対する恐怖を順子が持っていたことが示唆されている。「神の子どもたちはみな踊る」では主人公の善也が父親と思われる人物を実際に追跡する。またこの作品では「母親と致命的な関係におちいることを恐怖するが故に」（72）性欲を必死になって発散する相手を求めるという描写において、母親との近親相姦の恐怖が語られている。「タイランド」では主人公のさつきの父親が癌で死去してから人生が大きく変化し、母親が父親の死後一ヶ月もたたないうちに、父親が大切にしていたレコードのコレクションとステレオ装置を処分してしまったことが、さつきの人生を狂わせたことが述べられている。さつきは「神戸のあの男」を深く呪い、震災で「家がぺしゃんこにつぶれてしまえばいいのに」（110）と念じる。男には家族があることが示唆されており、さつきが男によって妊娠させられ、妊娠中絶させられた可能性が示されている。男がさつきに接近したきっかけが、さつきの母が亡父の遺物を死の直後に処分したことであると考えるならば、さつきの母が「あの男」と再婚した可能性も否定できない。そのように考えるならば、さつきを妊娠させた男は母と再婚した義理の父であったことになる。

　内田は「村上文学には『父』が登場しない。だから、村上文学は世界的になった」（37）と喝破し、「人間は『父抜き』では包括的な記述をおこなうことができない」（40）と指摘する。その理由として内田は「『父』抜きでは、私たちがいま世界の中のどのような場所にいて、何の機能を果たし、どこへ向かっているかを鳥瞰的、一望俯瞰な視座から俯瞰することができないからである」（40）と述べ、「村上春樹は（フランツ・カフカと同じく）、この地図もなく自分の位置を知る手がかりの何もない場所に放置された『私』がそれでも当面の目的地を決定して歩き始め、偶然に拾いあげた道具を苦労して使い回しながら、出会った人々から自分の現在位置と役割について最大限の

情報と、最大限の支援を引き出すプロセスを描く」（40）と論じている。

　村上自身はインタビューの中で、『ねじまき鳥クロニクル』の中に父親の影がないという指摘に対して、次のように答えている。

> 　僕の書くほとんどの小説は一人称で書かれています。主人公の主要な役目は、彼のまわりで起こっていることを観察することです。彼は彼が見なくてはならないものを、あるいは見るように求められている物を、リアルタイムで目にします。彼はそういう意味では『グレート・ギャツビー』におけるニックの存在に似ているかもしれない。彼は中立的な立場にいます。そしてその中立性を保持するためには、彼は肉親から離れていなくてはなりません。（『夢を見るために毎朝僕は目覚めるのです』240-241）[3]

ここで興味深いのは、このインタビューが『神の子どもたちはみな踊る』の出版の後に行われていることである。村上は一人称の語り手に語らせるために、父親の存在を排除してきたと述べている。しかし、『神の子どもたちはみな踊る』ではすべて三人称の語り手が採用されている。さらに『神の子どもたちはみな踊る』に収録された短編の登場人物たちの中には、「アイロンのある風景」の順子や、「神の子どもたちはみな踊る」の善也のように、父の存在を強く意識している人物たちがいる。そのような人物たちは、「父」を希求し、あるいは嫌悪することによって自らの人生を生きている。村上自身の発言から、『神の子どもたちはみな踊る』における「父」なる存在の導入は、小説の語りという重要な問題と分かちがたく結びついていることが、ここで理解されるのである。[4]

7. 「アイロンのある風景」と「タイランド」との共通点

　「アイロンのある風景」の順子は「父」実父への性的な嫌悪感により、父から逃避し、現在の状況に身をおいている。しかし、彼女が嫌悪するのは「父」と性的欲求との結びつきであり、性的な欲求自体は否定していないこ

とは、同棲相手の啓介の発言が著しく性的な発言を繰り返していること、及び順子自身、三宅さんの起こす焚火に関して「熟練した愛撫のように、決して急がないし、荒々しくもない」（49）という極めて性的な比喩を用いていることから明らかである。さらに「そこにある炎は、あらゆるものを黙々と受け入れ、呑み込み、赦していくみたいに見えた。本当の家族というのはきっとこういうものだろうと順子は思った」（49）という描写から、順子が「父」が当然含まれるであろう、家族というものを希求していることが示唆されている。これらのことを考え合わせるならば、順子が嫌悪しているのは「父」の存在自体ではなく、セクシャルな要素を帯びた「父」の存在であることが理解可能である。そのように考えるならば、「アイロンのある風景」と「タイランド」の結末が酷似していることは注目に値する。「タイランド」の結末部分を引用してみよう。

> 彼女はこれから先のことを考えようとして、やめた。言葉は石になる、とミニットは言った。彼女は座席に深くもたれ込み、両目を閉じた。そしてプールで背泳ぎをしている 時に見あげた空の色を思い出した。エロール・ガーナーが演奏する『四月の思い出』のメロディーを思い出した。眠ろうと彼女は思う。とにかくただ眠ろう。そして夢がやってくるのを待つのだ。（125）

エロール・ガーナーの曲をさつきの実父が愛聴していたことを考慮するならば、さつきは愛する実父の思い出に浸りながら、父の死後にさつきに不幸と憎悪をもたらした人物を束の間忘れるべく、眠りにつこうとしていることがわかる。「父」への憎悪と「父」の希求という、相反する感情を描いているという点で、「アイロンのある風景」と「タイランド」は密接なつながりがあると言えるのである。[6]

8. 結論

本章では第 1 節において「アイロンのある風景」とロンドン、カーヴァー

のテクストとの間テクスト性を、第6、7節においては『神の子どもたちは
みな踊る』に収録された、他の作品との間テクスト性について、主として
「父」なる概念という観点から考察してきた。

　ここで根源的な疑問が生じる。村上は何故「アイロンのある風景」にお
いてロンドンとカーヴァーのテクストを取り込む必要があったのだろうか
という問いである。その問いに対する答えとして、次のことが考えられる。
『神の子どもたちはみな踊る』の冒頭に収められた「UFOが釧路に降りる」
という短篇は、「内面の空虚さ」と阪神大震災という他の短篇との共通項が
ある一方で、「父」という概念をそこに見出すのは困難である。「父」という
概念は二作目の「アイロンのある風景」から出現し、三作目の「神の子ども
たちはみな踊る」においては主人公が「父」である可能性のある人物を実際
に追跡することが作品で描かれている。更に「父」のテーマは四作目の「タ
イランド」において、「父」の喪失と「父」の死後に現れた男への憎悪とい
う形で受けつがれている。五作目の「かえるくん東京を救う」は「父」の要
素を見出すのが困難な作品であるが、最後の「蜂蜜パイ」において、淳平
と高槻とのホモソーシャルな関係の背後に、「父」と家族のテーマは再び現
れる。

　このように考えるならば、本章で論じてきた「アイロンのある風景」は、
この短編集に「父」なる概念を導きいれるための嚆矢となった作品であった
ことがわかる。その作品に村上がロンドンとカーヴァーの複数の作品を間
テクストとして取り入れていることは興味深い。ロンドンはその生涯におい
て、自分を妊娠中の母に中絶を迫り、さらに母と自分を捨てた、実の父とさ
れている William Chaney を激しく憎悪する一方で、心の中では強い思慕の念
を抱き続けた作家であった。またカーヴァーは実生活における自らの経験に
基づいて、親と子、特に父と子との葛藤を、繰り返し描き続けた作家であっ
た。そのように考えるならば、村上が「アイロンのある風景」でこの二人の
作家に深くかかわったことは、単なる偶然ではないと考えられる。村上は
『神の子どもたちはみな踊る』以前の作品で意図的に回避してきた「父」な

る概念を新たに導入するために、ロンドン、カーヴァー のテクストを取り込む必然性を感じたのではないだろうか。

　本章で論じてきた「アイロンのある風景」は、この作品以前の村上作品では不在であった「父」なる概念が導入されたという点において、画期的な意味を持つ作品であると考えられる。さらに父との近親相姦に対する恐怖と嫌悪が、順子の生き方を変えるほどの影響力を持つものであることが描かれているのは興味深い。「父」なる概念は更に『海辺のカフカ』(2002) において、「父」に対するオイディプス的呪いと、父殺しという形に発展することになる。これらのことを考慮するならば、本章で分析した「アイロンのある風景」は村上文学における重要な転換点となる作品であり、村上の長編小説の代表作の一つである『海辺のカフカ』へと直接結び付けられる要素を内包した、極めて大きな意味を持った作品であることが理解されるのである。

第2章 村上春樹『一人称単数』と私小説との距離－
「クリーム」「ウィズ・ザ・ビートルズ」
「ヤクルト・スワローズ詩集」「一人称単数」を読む

1. はじめに

　本章は村上春樹の短編小説集『一人称単数』(2020) に収録された「クリーム」「ウィズ・ザ・ビートルズ」「ヤクルト・スワローズ詩集」「一人称単数」を取り上げ、私小説との距離という観点から分析を試みるものである。村上に批判的な言説の多い評論家の小谷野は、村上と私小説との関係について、次のような興味深い指摘を行っている。

　　「私小説」といえば、日本特有の、ただ自分の身の上に起きたことを書く、ダメな小説であると昔から言われていて、村上春樹などが登場した三十年ほど前からは、若い人はあまり私小説など書かなくなった。私はそこへ敢えて、プロを目指す人というより、ともかく小説を書きたいと思っている人に、私小説を勧めてみたいのである。　（『私小説』7）

小谷野は私小説の定義をわざと曖昧な形でとどめる一方で、村上春樹の小説を私小説とは対極に位置付けているのは興味深い。さらに次の引用部で小谷野は私小説をもう少し厳密に定義しようと試みている。

　　私小説というのは、基本的に、自分とその周囲に起きたことを、そのまま、あるいは少し潤色して描いた小説のことである。中には「私」が主人公であるものを「私小説」であると思っている人もいるようだが、実際の私小説の中には、『蒲団』が、竹中時雄という三人称の語り手を主人公としているような例が多く、そうではない。　（『私小説』8）

　　私小説をめぐっては様々な論争があり、それだけで膨大な紙数を要すると

思われるが、本稿ではリアリズム・私小説擁護派を自負する小谷野の定義を
もって、私小説とすることとする

2. エメリックの指摘

エメリックは『一人称単数』について次のような指摘を行っている。

> 今回の『一人称単数』8編はどれも村上自身と思しき人物が、そのまま自
> らの経験を語るという体裁をとる。これは村上の小説としては珍しい。しか
> も『猫を棄てる』で初めて詳細に述べられた、何年も疎遠になっていた父親
> への言及もある。個人的なことをこれまで表に出してこなかった村上春樹は
> 「ムラカミ・ハルキ」として群集の目に自分をさらすことを苦にしなくなっ
> たようだ。苦にするどころかこの8編の短編において村上は「村上＝ムラカ
> ミ」という設定をとても楽しんでいるように思う。

エメリックの指摘するように、『一人称単数』の五か月前に出版された『猫
を棄てる』(2020) では、これまで村上が意識的に避けてきたと思われる、
亡父村上千秋に関する詳細な伝記的事実がつづられている。内田が指摘する
ように、かつての村上春樹の作品は父親の存在しないものであった (37)。
ようやく父親に関する記述が見られるようになるのは、阪神大震災の後に書
かれた短編集『神の子どもたちはみな踊る』からである (山根42)。長らく
封印してきた父の伝記を公にしたことは、『一人称単数』に収録されている
短編小説の語り手が、以前の作品に比べて、実在の村上を想起させる存在
になっていることと密接なつながりがあるように思われる。さらにエメリッ
クは『一人称単数』と私小説との関係を次のように指摘する。

> これまで、一個人としての村上春樹は、日本文学を代表する、世界的に有
> 名な作家ムラカミ・ハルキとは隔てられていた感があった。しかし、この短
> 編の中では近代日本文学の常套である「私小説」という制度と、作者が悠々

戯れている趣がある。こんな遊び方は、これまでの村上には見られなかったと思う。

果たして村上は、『一人称単数』において、日本近代文学における私小説への接近を図ったのであろうか。筆者がエメリックの見解をそのまま受け入れがたいのは、村上が日本近代文学における私小説について、否定的な見解を最近まで持っていたという事実があるからである。村上は川上とのインタビューで、次のような発言をしている。

　　村上　僕は例えば、いわゆる私小説作家が書いているような、日常的な自我の葛藤みたいなのを読むのが好きじゃないんです。自分自身のそういうことに対しても、あまり深く考えたりしない。何かで腹が立ったり、落ち込んだり、不快な気持ちになったり、悩んだり、そういうことってもちろんあるけど、それについて考えたりすることに興味がない。
　　――それらについて、書いたりしたい気持ちも……。
　　村上　ないと思う。それよりは、自分の中の固有の物語を探しだして、表に引っ張り出してきて、そこから起ち上ってくるものを観察する方にずっと興味があるんです。だから日本の私小説的なものを読んでると、全然意味が分からない。　（川上、村上 46）

このインタビューが行われたのは 2015 年である。村上の私小説に対する姿勢は 5 年の歳月の間に 180 度転換したのだろうか。

3.　『ノルウェイの森』の私小説的要素

　第一節で小谷野が、村上を私小説とは対極の位置に置いていることに言及した。しかし小谷野は、村上の『風の歌を聴け』『ノルウェイの森』を取り上げ、私小説的要素が作品の中に存在することを指摘している。

　しかし、村上春樹が、私小説と無縁だというわけではない。デビュー作『風の歌を聴け』は、一見バラバラな断片から成っているが、のち斎藤美奈子が細かく分析し、どうやら恋愛事件をばらばらにしたものらしいと分かった。春樹の実体験だろう。

　（中略）

　『ノルウェイの森』も、時間がたつにつれて、どうやら春樹の実体験らしいということが言われるようになった。精神を病んで自殺してしまった女は実際にいたのだろうし、途中から現れる緑^{ミドリ}というのが、春樹の奥さんなんだろう、と言うわけだ。

　では私小説じゃないか、評価してもいいじゃないか、と思うかもしれない。だが、私小説が優れたものになるには、条件がある。ナルシシズムを排除することだ。　（『病む女』33-34）

さらに小谷野は『ノルウェイの森』が森鴎外の「舞姫」と、川端康成の「伊豆の踊子」を下敷きにしている可能性を示唆し、次のように断じている。

　　だが、鴎外の「舞姫」が女に好かれて同棲して棄てた話であることによって、「自慢」になってしまい、内容的には私小説なのに、そう思われていないのと同じように、『ノルウェイの森』は、私小説として読んでも、性的にだらしない男が、やはりセックス好きの女たちとつきあって、その一人が精神を病んで自殺してしまったという過去を、感傷的に、自慢混じりに披露している小説にしか見えない。あたかも、「俺にはこんなつらい過去があってな」と語りつつ女を口説いているような内容なのである。　（『病む女』34）

小谷野の『ノルウェイの森』に存在する私小説的な要素に対する批判は、極めて辛辣なものである。次節からは『一人称単数』における私小説的要素を、エメリックのとる楽観的な姿勢と、小谷野の批判的な観点を踏まえたうえで検証していきたい。

4. John Updike との間テクスト性

すでにネット上で指摘されているように、『一人称単数』という書籍は村上のはるか以前に存在している。それは John Updike の *Assorted Prose* を1977年に寺門が翻訳した『一人称単数』である[1]。村上はアップダイクの作品を評価していることを語っているし、アップダイクも村上の『海辺のカフカ』の評論を書いており、それを若島正が『アップダイクと私』という翻訳書に掲載していることなどを考え合わせると、村上春樹が寺門の翻訳本のタイトルをあえて再使用した可能性は高いと言えるのではないだろうか。さらに寺門の翻訳『一人称単数』の中に「一人称単数」が含まれているという構造も、村上は踏襲している。

アップダイクの「一人称単数」は6編の作品からなり、そのうち4編はエッセイ、2編は自身の叔父を題材とした小説である。村上は『猫を棄てる』で自分自身の少年時代の逸話と、父親、祖父、叔父たちについて語っていることを考えれば、アップダイクの「一人称単数」と『猫を棄てる』との間テクスト性の存在の可能性は考えられる。村上は基本的にはエッセイ集であるアップダイクの書名を再び使うことにより、自らの短編集も、エッセイに近いものであることを偽装しようとしたのではないだろうか。

さらに注目すべきなのは、アップダイクの『一人称単数』には、野球に関するエッセイが2本含まれている点である。それは「一人称複数」の「粉砕と圧勝」と単独のエッセイ「ボストンのファン、キッドとお別れ」である。特に「ボストンのファン、キッドとのお別れ」は1960年9月28日、当時低迷を極めていたボストンのレッドソックスのホームグラウンドでの最後の試合を、アップダイク自身が見に行った、臨場感あふれるエッセイとなっている。

アップダイクは、この試合で引退することが予想されるテッド・ウィリアムスを、愛情を込めた、ユーモラスな文体で描写している。その意味においてこのエッセイは、村上の「ヤクルト・スワローズ詩集」に影響を与えてい

るように思われる。ただし「ヤクルト・スワローズ詩集」は実在しないと考えられる「ヤクルト・スワローズ詩集」を出版したという、架空の事実が混入されているため、エッセイとも私小説とも言い難い作品となっている。

5. 「クリーム」

　第2作「クリーム」は、第1作の語り手と、衝動的に一夜を過ごす「石のまくらに」に登場する女性とは、対極的な女性が登場する作品である。語り手が村上自身に近い存在であることは、浪人生活を送っている理由を語る部分からうかがわれる。語り手と同様、村上自身国立大学の受験に、数学が苦手であったために失敗し、一浪を経験しているからである。語り手のそこそこの私立大学なら入れたという表現は、村上が翌年に実際に入学した早稲田大学のことを指すと思われる。

　国立大学を受験する際に、当時必須であった数学に身を入れることのできない語り手は、一種の空白状態の中に置かれている。そのような語り手の心の隙をつくように、以前ピアノのレッスンで知りあい、長らく消息を絶っていた女性から、ピアノのリサイタルの招待状が届く。語り手はバスに乗り神戸の会場まで行くが、リサイタルが開かれることになっていた会場は、意外にも封鎖されている。この女性はピアノのレッスンを語り手と共に受けていた時、語り手のミスに舌打ちすることもあったとの記述があるものの、そのことを恨みに思い、語り手に虚偽の招待状を送ったと考えるのは困難であろう。恐らくその女性はピアノの才能がありながらも、それが開花するに至らず、あるいは何らかの原因でピアニストとしての経歴に挫折し、精神を病んだ結果、偽りの招待状を作成し、女性の近況を全く知らないと思われる語り手に送り付けたというのが、真相ではないだろうか。「石のまくらに」の女性とは一見対極的な位置にあると思われる「クリーム」の女性が、「精神を病む女」という点において奇しくも一致するのである。

　語り手はそのようなことには思い至らず、身に覚えのない悪意に翻弄され

ることになる。そこに登場するのが謎の老人である。この老人の「中心がいくつもあってやな、いやときとして無限にあってやな、しかも外周を持たない円のことや」（40）という発言により、いわゆる「壁抜け」（川上・村上41）が起き[2]、これまでのリアリズムで描かれた世界に大きな変化が生じることとなる。この作品は、解答不能な謎をかける老人の唐突な登場により、後半部分は小谷野の定義する私小説の枠からはみ出る結果となっていると考えられる。

6.　「一人称単数」

　本節ではこの短編小説集のタイトルにもなっている、「一人称単数」を分析する。これまでの作品とは異なり、「一人称単数」の語り手は「私」である。この作品は次のような書き出しから始まっている。

　　普段スーツを身に纏う機会はほとんどない。あってもせいぜい年に二度か三度というところだ。私がスーツを着ないのは、そういう格好をしなくてはならない状況がほとんど巡ってこないからだ。場合においてカジュアルなジャケットを着ることあるが、ネクタイまでは結ばない。革靴を履くこともまずない。自分が人生のために選択したのは、あくまで結果的にではあるが、そのような種類の人生だった。　（219）

「人生の選択」という問題に関して、村上は川上に次のように答えている。

　　人間はいろんな選択肢を選んできて、こうして今の自分になっているわけだけど、もしある時点で違う選択肢を選んでいれば、今のような自分になっていないわけですよね。そういった「もう一人の別の自分」になれる機会って、現実生活にはありません。でも小説の中では、もしそういう人になりたいと思えば、なれるわけです。今ある自分ではない誰かに、オルタナティブ・セルフに僕自身がなれる。
　　── その場合、何を癒していると思うことになると思う？

　村上　それはこっちの道を選んできたことによって自分の中に生じた変
　　　化、ひずみみたいなものをアジャストすることです。もう一つの道を選
　　　んだ僕の体の中に入ることによって。つまり同化と異化を交換するって
　　　いうか。　（川上・村上 225）

「一人称単数」という作品は、現実世界では不可能であるとされている「も
う一人の自分」になれる機会を、あたかも現実の中にいるような錯覚に誘う
テクストの中で、実現しようとした試みであると言えるのではないか。

　この作品は「ひずみ」に満ちている。語り手の私は妻が中華料理を女友達
と食べに行っている間、一人在宅している。語り手が中華料理に行かないの
は、中華料理の香辛料の中にアレルギーを引き起こすものがあるという理由
である。これも一種のひずみであろう。さらに音楽や読書に特に理由もなく
集中できず、見たい映画も見当たらない。これもひずみの表れと言えるであ
ろう。

　語り手は日常生活上の「ひずみ」を解消するため、数年前に買ったほぼ新
品のポール・スチュアートのスーツを身につけ、シャツとネクタイをあわせ、
鏡に自分の姿を映す。すると語り手は奇妙な違和感に襲われる。

　　　しかしその日、私が鏡の前に立って感じたのはなぜか、一抹の後ろめたさ
　　　を含んだ違和感のようなものだった。後ろめたさ？どのように表現すればい
　　　いのだろう…それは自分の経歴を粉飾して生きている人が感じるであろう罪
　　　悪感に似ているのかもしれない。　（222）

普段はほとんど着る機会がないスーツを身に着けることにより、語り手は
「もう一人の自分」になろうと試みる。しかし鏡に映った自分のスーツ姿を
見た語り手によぎるのは「もう一人の自分」になったという解放感ではな
く、「後ろめたさを含んだ違和感」なのである。

　違和感を抱きながらも、語り手は気持ちの良い春の宵を当てもなく散策し
ながら、これまで一度も入ったことのない、ビルの地下にあるバーに入り、

ウォッカ・ギムレットをすすりながら、ミステリーを読み始める。だが語り手は「微妙な意識のずれ」（225）から読書に神経を集中することができない。そのような語り手の前にまた鏡が登場する。

　　カウンターの向かいの壁には、様々な酒瓶を並べた棚があった。その背後の壁は大きな鏡になっており、そこに私の姿が映っていた。それをじっと見ていると、当然のことではあるが、鏡のなかの私もこちらの私をじっと見返していた。その時私はふとこのような感覚に襲われた……私はどこかで人生の回路を取り間違えてしまったのかもしれない。そしてスーツを着てネクタイを結んだ自分の姿を見つめているうちに、その感覚はますます強いものになっていった。見れば見るほどそれは私自身ではなく、見覚えのないよその誰かに見えてきた。しかしそこに映っているのは──もしそれが私自身でないとすれば──一体だれなのだろう？　（225）

　鏡の中の自分の姿を見て、語り手の自我は大きく揺れ動くことになる。[3]その間隙を突くように、あたかも「クリーム」に唐突に登場する謎の老人のように、一人の見知らぬ女性が現れる。語り手は鏡に映った彼女を観察する。『一人称単数』の語り手たちは、女性の外見に並々ならぬこだわりを示すが、「一人称単数」の語り手も、彼女を子細に分析し、「とりたてて美人という顔立ちではないものの、そこにはうまく完結した雰囲気のようなものが漂っていた。おそらく若いときは人目を惹く女性であったに違いない。」（226-227）という結論に達する。しばらくして女性は語り手に絡み始め、挑発を行なう。

　女性は語り手の服装を批判する。スーツは素敵だが、語り手にはあっていない。ネクタイも、スーツには雰囲気がそぐわない。ネクタイはイタリア物で、スーツは英国系だと指摘する（230-231）。語り手は「洋服にずいぶん詳しいんですね。」と応じ、服飾関係の知り合いを思い出そうとするが、徒労に終わる。ネクタイがイタリア物であるということは、バブル時代イタリア製のダブルのスーツに、ペイズリーのネクタイを合わせる着こなしが流行し

たことを知っていれば、容易にわかることである。[4] スーツはポール・スチュワートでアメリカのブランドであるが、このブランドは英国調を追求しているので、女性の発言は正しいとせねばならないが、スーツに少しでも興味があれば、イタリア系か英国系か見分けることはさほど困難ではない。要するに女性の発言は、素人に毛が生えたレベルなのである。

　洋服にずいぶん詳しい（231）という語り手の反応に、彼女が「今さら何を言ってるの？そんなこと当たり前でしょう？」（231）と答えるのは、自分のスーツに関する発言が常識の域を超えていないことを、自ら認めていることを示しているのではないだろうか。語り手は彼女の言葉を解釈できず、さらに動揺する。とどめは次の発言である。

　　「あなたのその親しいお友達は、というかかつて親しかったお友達は、今ではあなたのことをとても不愉快に思っているし私も彼女と同じくらいあなたのことを不愉快に思っている。思い当たることはあるはずよ。よくよく考えてごらんなさい。三年前に、どこかの水辺であったことを。そこで自分がどんなひどいことを、おぞましいことをなさったかを。恥を知りなさい」（232）

先ほどの服装についての指摘とは異なり、女の発言には肝心な要素が欠落している。かつて親しかった友達とは誰なのか。なぜ語り手のことを不愉快に思っているのか。どこかの水辺にとは具体的に何なのか。ひどいこと、おぞましいこととは、どのような行為なのか。女の発言は「クリーム」の謎の老人が語る「中心がいくつもあって外周を持たない円」と通ずるものがあるのではないか。

　女のかけた謎により、語り手は大きく動揺する。「彼女が私に向かって口にしたことは、すべてが具体的でありながら、同時に焦点を欠いていた。その乖離が私の神経を奇妙な角度から締め上げていた。」（234）と女のかけた謎は語り手の精神状態を大きく揺さぶる。

　語り手はいたたまれなくなり店を出るが、店の外に広がる光景は来た時と

は一変している。

　階段を上がりきって建物の外に出たとき、季節はもう春ではなかった。空
の月も消えていた。そこは私の見知っているいつもの通りではなかった。街
路樹にも見覚えはなかった。そしてすべての街路樹の幹には、ぬめぬめした
太い蛇たちが、生きた装飾となってしっかりと巻き付き、蠢いていた。彼ら
の鱗から擦れる音がかさかさと聞こえた。歩道には真っ白な灰がくるぶしの
高さまで積もっており、そこを歩いていく男女は誰一人顔を持たず、喉の奥
からそのまま硫黄のような黄色い息を吐いていた。　（234-235）

　ここでまた「壁抜け」が起こる。リアリズムの文体で書かれてはいるもの
の、書かれている内容はリアリズムを超えている。村上はかつて「本当のリ
アリティっていうのは、リアリティを超えたものなのです。事実をリアルに
書いただけでは本当のリアリティにならない。もう一段差し込みのあるリア
リティにしなくちゃいけない。それがフィクションです。」（川上・村上 45）
と述べている。この作品もまた「壁抜け」によって、日本近代文学の私小説
の伝統につながることを否定するのである。

7. 「ウィズ・ザ・ビートルズ」

　しかし、終始リアリズムの枠の中にとどまり続ける作品が『一人称単数』
の中に存在する。それは「ウィズ・ザ・ビートルズ」である。この作品は、
語り手が高校に入学してから初めてつきあった、ガールフレンドを巡る物語
であるが、冒頭で語り手は自らについて、極めて率直に語る。

　誤解されると困るので、いちおう最初にお断りしておきたいのだが、僕は
ハンサムでもないし、花形運動選手でもないし、学業成績だってそれほど
ぱっとしたものではない。歌がうまいわけでもないし、弁が立つわけでもな
い。だから学校時代も、学校を出てからも、不特定多数の女性にもてたとい
う経験はただの一度もない。自慢できるようなことではないけれど、それは

　この不確かな人生において、僕が確信を持って断言できる数少ないものごと
のひとつだ。　(82)

　これは、小谷野の『ノルウェイの森』に対する、次に引用する批判に応
じているように思われる。

　　私が春樹を容認できない理由は、たった一つ。美人ばかり、あるいは主人
　公好みの女ばかりが出てきて、しかもそれが簡単に主人公と「寝て」くれ
　て、かつ二十代の間に「何人かの女の子と寝た」などというやつに、どう
　して感情移入できるか、という、これに尽きるのである。　(『反＝文藝評論』
　262)

端的に言えば、「ウィズ・ザ・ビートルズ」の語り手は、「もてない男」宣
言をすることにより、元祖「もてない男」小谷野の批判が当たらないこと
を、示そうとしているのではないか。この作品がどうやら、先に引用した
小谷野の指摘に合致することから（『病む女』33-34)、『ノルウェイの森』と
関連がある可能性を考慮に入れると、村上の言説が、小谷野に向けられてい
る可能性が、強く感じられるのである。

8.　結論

　小谷野は「村上春樹は私小説を書くべきである」と題する文章を次のよう
に結んでいる。

　　……物語によっての自己治療はもうやめて、私小説を書いたらどうか。その
　方が楽になるぞ、と私は思う。余計なお世話だというなら仕方ないが、人
　間はしばしば真実を語る事によってしか理解されない場合があるものであ
　る。物語を喜ぶ読者が大勢いることに満足するか、真実を語るか、それを決
　めるのは村上自身であろう。（『病む女』186-187)

　村上は伝記的な作品である『猫を棄てる』により、一部小谷野の呼びかけに答えたといえる。しかし村上が真実を語ったのは、父の村上千秋や祖父であり、自分自身ではない。引き続いて刊行された『一人称単数』の作品の多くは、語り手の経歴や背景が村上自身に極めて近いという点では、私小説への接近を感じさせるが、本論で考察したような「壁抜け」がしばしばおこり、「もう一段上のリアリティ」を目指すことによって、自ら私小説に参加することを拒否している。エメリックの指摘するように、村上は「村上＝ムラカミ」という設定を楽しんでいることは、誤りではない。しかし川上に語った日本近代文学の私小説に対する反発は、従来から用いられてきた「壁抜け」という技法により、現在でも変化していないことが推測されるのである。

　しかし、『一人称単数』に収録された作品が一様に私小説を否定しているわけではない。第7節で考察した「ウィズ・ザ・ビートルズ」は村上批判の急先鋒である批評家小谷野を意識した、日本近代文学の「私小説」の要素を持ちあわせている可能性があることが、本章での分析から理解されるのである。

第4部　あとがき―結論にかえて

あとがき―結論にかえて

　本書は、ヘンリー・ジェイムズ、レイモンド・カーヴァー、村上春樹の作品を、その作品を分析するのに最も適切であると筆者が判断した観点から、精読した成果を提示するものであり、武庫川女子大学に提出して受理された博士論文に加筆・修正を加えたものである。

　本書の出版の計画は、過去10年以上に遡る。これほど刊行が遅れたのは、ジェイムズ、カーヴァー、村上春樹に論文が分散していた結果であった。学部の卒業論文にジェイムズの「芸術家もの」と呼ばれる短編を選んで以来、ジェイムズの難解な英語と格闘する研究生活が始まった。修士3年でようやく、当時非常勤講師として教えを受けた、大橋健三郎先生の授業で学んだ『使者たち』を、コンフィダントを主な切り口にして、修士論文を書き上げることができ、ジェイムズ嫌いを自認しておられた、指導教授守屋富生先生にも評価していただいた。博士課程で、一般的にはしないほうが良いと言われる、大学院を変わることになり、関西大学で当時学長を務められていた大西昭男先生と、多田敏男先生に、ジェイムズ研究の指導を受けることになった。これまで翻訳や論文で名前は存じ上げていたものの、一面識もなかった私にとって、お二人との出会いは新鮮かつ刺激的なものであった。

　その後縁があり、武庫川女子大学で教鞭を取ることになった。ジェイムズとの格闘は続いたが、筆者の興味は次第に短編小説に集約されるようになった。さらに公務に追われたこともあり、ジェイムズの難解な英語を読むことに疲れていた筆者は、村上春樹を通じ、レイモンド・カーヴァーのミニマルな作品を読むようになり、次第にジェイムズの研究からは遠ざかってしまう結果となった。カーヴァーを研究したきっかけは、武庫川女子大学が、アメリカのワシントン州 Spokane に分校を持っていることとも関連している。スポケーンはカーヴァー自身が朗読会で訪れた街であり、著者にとっては、カーヴァーの文学世界を垣間見る思いのする場所であった。

　ところがカーヴァー研究にも手詰まりを感じ始めたころ、たまたま参加した武庫川女子大学の院生会で、玉井暲先生の講演を拝聴する機会があり、「文学作品は、その作品に最も適していると考えられるアプローチで研究するのが良い」とのご発言に大いに学ぶところがあり、これまでの一見バラバラに見える研究をまとめてみようという気持ちが芽生えた。筆者の関心は、間テクスト性という観点から村上春樹にも向かい、2編の論文が誕生した。

　研究書にするうえで一番の難関であった、ジェイムズ、カーヴァーの組みあわせの問題は、間にヘミングウェイを入れることにより、自分では何とか解決したと考えている。ジェイムズとヘミングウェイとの関係はこれからの研究課題としたい。

註

第1部　ヘンリー・ジェイムズ編

第1章

1) 大橋健三郎『「頭」と「心」－日米の文学と近代－』研究社、1987 を参照。

2) 長島 pp. 255-56 を参照。

3) Edel, p. 546 参照。

4) James "The Beast in the Jungle" New York Edition, vol.XVII, p. 93. 参照。

5) 河合 pp. 206-207 を参照。

第2章

1) Matthiessen, p. 87 参照。

2) 古茂田 , pp. 164-185 参照。

第3章

1) Henry James, "Preface Daisy Miller." *Henry James Literary Criticism; French Writers other European Writers the Prefaces to the New York Edition*. Leon Edel editor. Literary Classic of the United States, 1984, p. 1270.　翻訳は、多田敏男訳『ヘンリー・ジェイムズ「ニューヨーク版」序文集』（関西大学出版部、1990）によった。

2) ジュネット pp. 76-82 参照。

3) Henry James, 'Preface. Daisy Miller', p. 1270.

4) イーザー , pp. 32-45.

5) Cowdery は、ウィンザーボーンは読者の代理人であると指摘する（81）。

6) Henry James, Preface. *The American*, p.1063 参照。

7) Bell は次のように指摘する。"The tale Winterbourne's imagination "writes" for Daisy is vulgar romance," (62).

8) Chase, 134 参照。

第5章

1) 例えば Hoffmann は、この作品の主題を Hawthorne の "Ethan Brand" の主題と比

較し "the idea that a man fearing something horrible will happen to him finds it after a life-time of waiting in his own impotence and lack of passion"（99）であるとする。

2) Cannon は *The Ambassadors* の Strether に関する記述において、marginal figure がフィクションを「書く」ことの重要性を指摘する（51）。

3) Bell はこの作品の第 1 章、2 章が長すぎるとする Allen Tate に "This prelude, far from being excessive, has great pertinence to the rest of the tale"（263）と反論し、これらの部分が作品の枠組となっていることを示唆している。

4) Sharp は "All his conversations with May are monologues, not dialogues. The woman is used as a listener; her own ideas are unwanted."（261）とマーチャーが意図してメイを受動的な聞き手と見做していると指摘する。

5) Lakoff は、メタファーが、ある概念のある面に我々の注意を引きつけることによって、他の側面を隠す場合があると指摘する（10）。

6) 多田は、マーチャーの意識がメイに投影された結果、意識の拡大が行われ、その結果メイは単なる聞き役に留まるものではないことを指摘している（27）。

7) 土屋は、仮面と言語・虚構との関係について、示唆に富む考察を行っている（187-207）。

第 6 章

1) アリス・レントンは一般的に、ガヴァネスと乳母との間に処遇・服装・名前の呼び方に細かい相違点があったこと、乳母にとってガヴァネスは養育していた子供たちの纂奪者であったことから、両者のあいだにはしばしば対立があったことを指摘する（241-249）。グロース夫人はフローラの養育係でもあったことを考え併せると、この指摘は興味深い。

2) 斎藤はこの場面で, 家庭教師のグロース夫人に対する同性愛的な感情が描写されていると指摘している（197）。

3) 小此木は、「相手が自分の思うとおりになる、あるいは自分と同じ気持になる、あるいは自分と同じような興味、関心を持つ、つまり、自分と相手が完全にひとつだという一体感を持てているかぎりではつきあいができるというパターン」を「自己愛的な人間関係」と規定する。この作品のガヴァネスは、その典型と言えるかもしれない。

註

第7章

1) オルフェウス伝説との関連については、市川、リースマンが詳細に論じている。

2) ジョージ・レイコフとマーク・ジョンソンは、メタファーがある概念の一つの側面に注意を引きつけることによって、他の側面を隠す場合があると指摘する（10）。

3) 男性同志の同一化の問題は、飯田が夏目漱石の『こゝろ』をとりあげ、詳細に論じている。

第2部　レイモンド・カーヴァー編

第1章

1) 今村楯夫は『そもそも短編「コンパートメント」のコンパートメント（列車の個室）は，まさに移動する幽閉空間であり、この移動と個室の空間に内的世界の表出が深く係わっている』（93-94）と指摘する。

2) 例えば、Saltzman は時計を盗まれた直後の Myers を "He is helpless among foreigners; the invasion of his privacy confirms for him that the entire adventure has been a mistake. He realizes that he had not wanted to see his son, that somehow their true enmity had been obscured" （133）と分析するが、以後の息子に対する心情については、全く触れていない。

3) 『本来、「おとり模型」（デコイ）は狩猟を目的としたものであり、その本を読むことは間接的に狩猟と結びつく。しかし、どうやらこの男は本を読むだけで、それ以上の目的はないようだ。背後に潜む狩猟という別の暴力的行為は抹殺され、自己抑圧し、自らの暴力的本性を去勢した姿が、おそらく本来クラシック音楽そのものに興味をもたぬ男がクラシックに耳を傾ける姿と呼応し、哀れな自己制御に基づく人為的な状況を生み出している』（今村、97）

4) 平石，p. 169 参照。

5) 先に引用した部分と考え併せるならば、「首を振る」動作は思考の流れを断ち切る役割を果たしていると言える。

6) Meyer, p. 131.

7) Campbell は短編集 *Cathedral* について "The voice remains the same, but the vision becomes less grounded in despair. …Despair becomes redemption; the alienated are

– 201 –

reconciled. Hard-boiled realism turns out to be allegory with a soft center" (48) と述べている。その一方で、この作品に関しては温かな救いの要素が欠けていることが、村上（417）によって指摘されている。

第4章

1) 今村は「この短編はヘミングウェイの作品の中で、傑作中の傑作だとぼくは思っている。寸分の隙も無い、完璧とも言うべき作品である」（97）と絶賛している。

2) 村上は the fat man を「でぶ男」と訳しているが、本論で考察するように、the fat man に寄せる語り手の感情を考慮すると、この表現は不適切であると考えられる。そこで本稿では一貫して "the fat man" という表記を用いる。

3) Bethea は *Technique and Sensibility* で "The waitress may perceive the fat man as sexually vibrant, but no evidence suggests that he possesses any special virility. In other ways, the fat man is associated with false signifiers of power (11)." と否定的な見解を述べている。

4) 例えば倉林・河田は「夫婦関係が少しギクシャクしていることが読み取れると思います」（39）と述べている。

5) 初期のカーヴァーの作品に対して、Hemingway の影響が大きいことは、既に Bethea の研究によって明らかになっている（Raymond Carver's Inheritance）。また間テクスト性については、Bethea は *The Great Gatsby* との関連を指摘している（*Technique and Sensibility* 12）。

第5章

1) Stull と Carroll はこの変化を "the Copernican revolution" と表現している。

2) 改変を本格的に論じているのは Monti である。池田は改変に言及しながらも、それぞれ別個の版を独立した作品として読むことを主張する（40）。

3) 先行研究として Nesset、Saltsman 等を参照したが詳細な分析はない。上岡は WWT 版の WDD の冒頭の部分を詳しく論じているが、家具の細かい名称にはこだわらなくてよいと述べている。

4) Lodge は "Cat in the Rain" の「本を読む」という行為を "His reading of a book is a substitute for communication, and a classic remedy for ennui." (*Working with Structuralism* 32) と論じている.

第3部　村上春樹編

第1章

1) 黒川は、「フロンティア時代のメルヴィル、ロスト・ジエネレイションのフィッツジェラルド、1950年代のサリンジャー、これに現代文学のヴォネガット、アーヴィング、あるいはティム・オブライエンやトルーマン・カポーティを加えれば、村上春樹のアメリカ文学との関わりの地勢図ができる」と指摘しているが、何故かカーヴァーの名前は欠落している。また吉田は、村上とカーヴァーの関連について詳細に論じているが、結論として導き出されるのは「アメリカ中間下層階級の立ち直りとその現前性に共感を寄せるカーヴァーと、彼らの同じ行為に暴力性を嗅ぎ取ってしまう村上春樹」（133）の部分において示されているように、両者の類似点ではなく、差異であることは注目に値する。

2) 順子の作品に対する反応を考察している田辺による先行研究においても、順子が読んだ版は1908年版であると断定されている。

3) 村上はこのように述べているが、*The Great Gatsby* の書き出しは "In my younger and more vulnerable years my father gave me some advice that I've been turning over in my mind ever since." (7) であり、実はニックの思考や行動には父親の強い影響があることが示唆されている。この点において、村上の発言は矛盾していると考えられる。

4) 福田は『神の子どもたちはみな踊る』において村上の文章が完全に変わっていると論じ、「これまで，きわめて話者の存在感が強い、語り手の雰囲気や好みを色濃く漂わせた一人称の世界を展開してきた氏が、本書においては、三人称的世界、話者と登場人物の間に明確な距離を設定した叙述に転換している」と論ずるが、「父」なる物との関連性については触れていない。

5) Stone の London がモルヒネによる自殺であるとする説は、Sinclair のように疑問視する声もある。本当の死因は尿毒症であり、モルヒネの服用は尿道結石による激痛を抑えるためであったという見解も存在する（ただし、日本ジャック・ロンドン協会のホームページでは，現在でも「モルヒネの服毒による自殺」と明記されている）。

6) 「タイランド」に関しては、浅利が詳細に分析している。しかし浅利はさつきの神戸の男に対する憎悪が何らかの形で「父」なる概念と関わっている可能性

テクスト探究の軌跡―ヘンリー・ジェイムズ、レイモンド・カーヴァー、村上春樹―

には言及していない。

第2章

1) ネット上には William Somerset Maugham の短編集 *First Person Singular*（1931）
   の影響を指摘する意見がある。この問題については稿を改めて論じたい。

2) 「壁抜け」とはリアリズムを超える感覚のことである。（川上・村上 41）

3) 語り手はこの女性を 50 才くらいと推測している。この女性がバブル世代であ
   る可能性はある。

4) 鏡に移る自我の揺らぎという点において、村上はジャック・ラカンを援用して
   いる可能性がある。

参考文献

序文

Heming way, Ernest, *Green Hills of Africa*, Mustbe Interactive, 2014.

James, Henry. "Nathaniel Hawthorne". *Henry James: Literary Criticism Volume One: Essays on Literature American Writers English Writers*. Library of America, 1984.

平石貴樹，宮脇俊文編著『レイ、僕らと話そう ― レイモンド・カーヴァー論集』南雲堂，2004.

山形和美『文学の衰退と再生への道』彩流社，2006.

第1部　ヘンリー・ジェイムズ編

第1章

Edel, Leon and Lyall H. Powers, editors. The Complete Notebooks of Henry James. Oxford UP, 1987.

James, Henry. *The Ambassadors*. Oxford UP, 1985.

――. "The Beast in the Jungle" New York Edition, vol.XVII,

Lee McKay. Finding the Figure in the Carpet: Vision and Silence in the Works of Henry James. iUniverse, 2006.

Matthiessen F. O. *Henry James The Major Phase*. Oxford UP, 1963.

Tilford. Jr. John E., "James The Old Intruder." Albert E. Stone, Jr. editor. *The Twentieth Century Interpretations of The Ambassadors*. Prentice-Hall, 1969. pp. 66-79.

Tintner, Adeline R., *The Book World of Henry James, Appropriating the Classics*. UMI Research Press, 1987.

Yeasell, Ruth Bernard, *Language and Knowledge in the Late Novels of Henry James*. The U of Chicago P, 1980.

大津栄一郎「便者たちの曖昧性」大橋健三郎教授還暦記念論文刊行委員会編『文学とアメリカⅢ』南雲堂，1980，pp. 257-58.

大橋健三郎『「頭」と「心」― 日米の文学と近代 ―』研究社，1987.

河合隼雄『ユング心理学入門』培風館，1984.

長島伸一『世紀末までの大英帝国』法政大学出版局，1987.

第2章

James, Henry. *The Novels and Tales vol. 15*. Charles Scribner's Sons, 1908.

――. *The Novels and tales of Henry James vol.16*. Charles Scribner's Sons,1908.

――. ヘンリー・ジェイムズ『「ニューヨーク版」序文集』，多田敏男訳，関西大学出版部，1990.

Makowsky, Veronica A. editor. *Studies in Henry James*. A New Directions Book, 1983.

Matthiessen F.O. and Kenneth B. Murdock editors, *The Notebooks of Henry James*. Oxford UP, 1947.

Newman, Benjamin *Searching for the figure in the Carpet in the Tales of Henry James, Reflections of Ordinary Reader*. Peter Lang, 1987.

Segal, Ora. *The Lucid Reflector*. Yale UP, 1969.

古茂田淳三『ヘンリー・ジェイムズ「ねじのひねり考」』大明堂，1981.

増田英夫『ホーソーンとジェイムズ — 作品研究 —』山口書店，1990.

第3章

James, Henry. *Preface of Daisy Miller. Henry James Literary Criticism; French Writers other European Writers The Prefaces to the New York Edition*. Ed. Leon Edel. Literary Classic of the United States, 1984.

Chase, Richard. *The American Novel and Its Tradition*. The Johns Hopkins UP,1980.

Cowdery, Lauren T. *The Nouvelle of Henry James in Theory and Practice*. UMI Research Press,1986.

Eagleton, Terry. *Williams Shakespeare*. Basil Blackwell, 1986.

Fogel, Daniel Mark. *Daisy Miller. A Dark Comedy of Manners*. Twayne, 1990.

Sharp, Sister M. Corona. *The Confidante in Henry James: Evolution and Moral Value of a Fictive Character*. U. of Notre Dame P, 1963.

Tintner, Adeline R. *The Museum World of Henry James*. UMI Research Press, 1986.

イーザー，ヴォルフガング．轡田収訳『行為としての読書』岩波書店，1982.

ジェイムズ，ヘンリー．多田敏男訳『ヘンリー・ジェイムズ「ニューヨーク版」序文集』関西大学出版部，1990.

ジュネット,ジェラール．和泉淳一・神郡悦子訳『物語の詩学 — 続物語のディスクール』書肆風の薔薇，1985.

参考文献

第 4 章

Fowler, Virginia C. *Henry James's American Girl: The Embroidery on the Canvas*. U of Wisconsin P, 1984.

Gilbert, Sandra M., and Susan Gubar. *The Madwoman in the Attic; The Woman Writer and the Nineteenth-Century Literary Imagination*. Yale UP, 1979.

James, Henry. *The Novels and Tales of Henry James*. Vols. 17, 18. Augustus M. Kelley Publishers, 1971.

——. 『ヘンリー・ジェイムズ「ニューヨーク版」序文集』多田敏男訳, 関西大学出版部, 1990.

——. 『ヘンリー・ジェイムズ短篇傑作選』多田敏男訳, 英潮社, 1992.

Wagenknecht, Edward. *The Tales of Henry James*. Frederick Ungar Publishing, 1984.

イーグルトン, テリー. 大橋洋一訳『シェイクスピア言語｜欲望｜貨幣』平凡社, 1992.

第 5 章

Anesko, Michael. *Henry James and Queer Filiation*. Palgrave Macmillan, 2018.

Baym, Nina. "Melodramas of Beset Manhood: How Theories of American Fiction Exclude Women Authors". *American Quarterly* 33, 123-139 (1981)

Bell, Millicent. *Meaning in Henry James*. Harvard UP, 1991.

Cannon, Kelly. *Henry James and Masculinity: The Man at the Margins*. St. Martin's Press, 1994.

Dijkstra, Bram. *Idols of Perversity: Fantasies of Feminine Evil in Fin-de-Siècle Culture*. Oxford UP, 1986.

Hoffmann, Charles G. *The Short Novels of Henry James*. Bookman Associates, 1957.

James, Henry. *The Novels and Tales of Henry James*. Vol.17. Charles Scribner's Sons, 1937.

Lakoff, George and Mark Johnson. *Metaphors We Live By*. The U of Chicago P, 1980.

Sedgwick, Eve Kosofsky. *Epistemology of the Closet*. Penguin Books, 1994.

Sharp, Sister M. Corona. *The Confidante in Henry James: Evolution and Moral Value of a Fictive Character*. U of Notre Dame P, 1963.

Yeazell, Ruth Bernard. *Language and Knowledge in the Late Novels of Henry James*. The U of Chicago P, 1976.

榊敦子『行為としての小説：ナラトロジーを超えて』新曜社，1996.

多田敏男『アイロニーと共感の間：ヘンリー・ジェイムズその他』関西大学出版
部，1981.

土屋恵一郎『独身者の思想史：イギリスを読む』岩波書店，1993.

福岡和子『変貌するテキスト：メルヴィルの小説』英宝社，1995.

第6章

Aldrich, C. Knight. "Another Twist to The Turn of the Screw." Modern Fiction Studies ⅩⅢ.1967, pp. 167-178.

Bell, Millicent. *Meaning in Henry James*. Harvard UP, 1991.

Fagin, Nathan Bryllion. "Another Reading of The Turn of the Screw." *Modern Language Notes* LⅥ, 1941, pp. 196-202.

James, Henry. *The Turn of the Screw*. Robert Kimbrough editor. Norton. 1966.

Solomon, Eric. "The Return of the Screw." Robert Kimbrough editor. *The Turn of the Screw*. Norton, pp. 237-245.

Wilson, Edmund. "The Ambiguity of Henry James." *The Triple Thinkers*. Oxford UP, 1948, pp. 88-132.

青木次生『ヘンリー・ジェイムズ』芳賀書店，1998.

市川美香子『ヘンリー・ジェイムズの語り』大阪教育図書，2003.

小此木啓吾『自己愛人間－現代ナルシシズム論』講談社，1984.

古茂田淳三『H．ジェイムズ「ねじのひねり」考』大明堂，1981.

斎藤彩世『境界を持たない愛 — ヘンリー・ジェイムズ作品における同性愛をめぐっ
て』松籟社，2019.

本合陽『絨毯の下絵 —19 世紀アメリカ小説のホモエロティックな欲望』研究社，
2012.

レントン、アリス『歴史のなかのガヴァネス：女性家庭教師とイギリスの個人教育』
河村貞枝訳. 高科書店，1998.

第7章

Booth, Wayne C. *The Rhetoric of Fiction*. U of Chicago P, 1961.

Cannon, Kelly. *Henry James and Masculinity: The Man at the Margins*. St. Martin's P, 1994.

Dijkstra, Bram. *Idols of Perversity: Fantasies of Feminine Evil in Fin-de-siecle Culture.* Oxford UP, 1986.

James, Henry. "The Aspern Papers." Christof Wegelin. editor. *Tales of Henry James.* W. W. Norton & Company, 1984, pp. 112-187.

Kappeler, Susanne. *Writing and Reading in Henry James.* Macmillan, 1980.

Lakoff, George and Mark Johnson. *Metaphors We Live By.* U of Chicago P, 1980.

Reesman, Jeanne Campbell. "The Deepest Depths of the Artificial: Attacking Women and Reality in "The Aspern Papers." *The Henry James Review Vol. 19.2*, 1998, pp. 148-165.

Sedgwick, Eve Kosofsky. *Between Men: English Literature and Male Homosocial Desire.* Columbia UP, 1985.

Stein, William Bysshe. "The Aspern Papers : A Comedy of Masks", *Nineteen Century Fiction. Vol. 14.2*, 1956, pp. 172-178.

市川美香子「オルペウスの旋律をかなでて『アスパンの恋文』再読」『大阪市立大学文学部紀要』人文研究第三四巻第八分冊，1982，pp. 12-25.

市川美香子『ヘンリー・ジェイムズの語り』大阪教育図書，2003.

飯田祐子『彼らの物語・日本近代文学とジェンダー』名古屋大学出版会，1998.

ジラール，ルネ『欲望の現象学・ロマンティークの虚偽とロマネスクの真実』古田幸男訳．法政大学出版，1982.

第2部　レイモンド・カーヴァー編

第1章

Campbell, Ewing. *Raymond Carver: A Study of the Short Fiction.* Twayne Publishers, 1992.

Carver, Raymond. *Cathedral.* Vintage Books, 1989.

Meyer, Adam. *Raymond Carver.* Twayne Publishers, 1995.

Nesset, Kirk. "'This Word Love': Sexual Politics and Silence in Early Raymond Carver". *American Literature*, vol. 63, 1991, pp. 292-313.

Saltzman, Arthur M. *Understanding Raymond Carver.* U of South Carolina P, 1988.

今村楯夫「虚空にとどまる旅人」日本マラマッド協会編『アメリカ短編小説を読み直す：女性・家族・エスニシティ』北星堂書店，1996，pp. 91-102.

テクスト探究の軌跡―ヘンリー・ジェイムズ、レイモンド・カーヴァー、村上春樹―

カーヴァー，レイモンド．村上春樹訳『大聖堂』中央公論社，1990.

平石貴樹「レイモンド・カーヴァー，失敗の衝動」『ユリイカ』vol. 22-7, 1990, pp.
　　168-179.

第2章

Carver, Raymond. *Cathedral*. Vintage Books, 1989.

Hemingway, Ernest. *In Our Time*. Charles Scribner's Sons.1970.

今村楯夫『ヘミングウェイと猫と女たち』新潮社，1990.

大橋洋一「アメリカン・ビューティは薔薇の名前」『フォークナー第4号』松柏社，
　　2004．pp. 27-39.

斎藤彩世『境界を持たない愛 ― ヘンリー・ジェイムズ作品における同性愛をめ
　　ぐって』松籟社，2019.

橋本賢二『アメリカ短篇小説の伝統と繁栄』大阪教育図書，1995.

平石貴樹「愛すればこそ、などと言ってみることも ―『シェフの家』を読む」『レ
　　イ、ぼくらと話そう』pp.156-190.

平石貴樹、宮脇俊文編『レイ、ぼくらと話そう ― レイモンド・カーヴァー論集』
　　南雲堂，2004.

本合陽『絨毯の下絵 ―19世紀アメリカ小説のホモエロティックな欲望』研究社，
　　2012.

三浦玲一「コロスは殺せない ― カーヴァーの名付けられぬコミュニケーション」
　　『レイ、ぼくらと話そう』pp. 135-155.

第3章

Carver, Raymond. *Cathedral*. Vintage Books, 1989.

Fiedler, Leslie. 佐伯彰一・井上謙治・行方昭夫・入江隆則訳『アメリカ小説におけ
　　る愛と死』新潮社，1989.

Nesset, Kirk. *The Stories of Raymond Carver: A Critical Study*. Ohio UP, 1995.

Runyon, Randolph Paul. *Reading Raymond Carver*. Syracuse UP, 1992.

カーヴァー，レイモンド．村上春樹訳『大聖堂』中央公論社，1990.

平石貴樹「愛すればこそ、などと言ってみることも：『シェフの家』を読む」
　　平石貴樹，宮脇俊文『レイ、ぼくらと話そう ― レイモンド・カーヴァー論集』

南雲堂，2004．pp. 156-170.

第 4 章

Bethea, Arthur F. "Raymond Carver's Inheritance from Ernest Hemingway's Literary Technique. *The Hemingway Review*. Volume26 Number2, 2007, pp. 89-104.

Bethea Arthur F. *Technique and Sensibility in the Fiction and Poetry of Raymond Carver*. Routledge, 2001.

Carter, Ronald. "Style and Interpretation in Hemingway's 'Cat in the Rain'" Ronald Carter editor. *Language and Literature: An Introductory Reader in Stylistics*. George Allen & Unwin, 1982, pp. 65-80.

Carver, Raymond. *Carver: Collected Stories*. The Library of America, 2009.

Hemingway, Ernest. *The Complete Short Stories of Ernest Hemingway*. Scribner, 1987.

Lodge, David. *Working with Structuralism*. Routledge & Kegan Paul, 1981.

Gentry, Marshall Bruce and William L Stull editors. *Conversations with Raymond Carver*. UP of Mississippi, 1990.

Salzman, Arthur M. *Understanding Raymond Carver*. U of South Carolina P, 1988.

Shigeta, Minoru. "Some Considerations on Carver's Fat" 『宇部工業高等専門学校研究報告』41 巻，1995，pp. 87-94.

今村楯夫『ヘミングウェイと猫と女たち』新潮社，1990.

カーヴァー，レイモンド．村上春樹訳『Carver's Dozen；レイモンド・カーヴァー傑作選』中央公論新社，2001.

倉林秀男・河田英介『ヘミングウェイで学ぶ英文法』アスク出版，2019.

栗原裕「Cat in the Rain：なにが曖昧か」『大妻女子大学紀要、文系』39 巻．2007，pp. 228-217.

斎藤兆史「テクストと文体」川本晧嗣・小林康夫編『文学の方法』東京大学出版会，1996，pp. 53-72.

廣野由美子『批評理論入門 ―「フランケンシュタイン」解剖講義』中央公論新社，2013.

前川利広「レイモンド・カーヴァーの小説作法：*What We Talk About When We Talk About Love* まで」『上越教育大学研究紀要』29 巻，2010，pp. 241-248.

第 5 章

Amir, Ayala. *The Visual Poetics of Raymond Carver*. Lexington Books, 2010.

Bethea, Arthur F. *Technique and Sensibility in the Fiction and Poetry of Raymond Carver*. Routledge, 2001.

Campbell, James. "The Real Raymond Carver". *The Time Literary Supplement*, July 29, 2009.

Carver, Raymond. *All of Us: The Collected Poems*. William L. Stull editor. Alfred A .Knopf, 1998.

――. *Beginners*. William L. Stull and Maureen P. Carroll editors. Jonathan Cape, 2009.

――. *What We Talk About When We Talk About Love*. Random House, 1989.

Gentry, Marshall Bruce and William L. Stull editors. *Conversations with Raymond Carver*. UP of Mississippi, 1990.

Hemingway, Ernest, *In Our Time*. Charles Scribner's Sons, 1925.

Kleppe, Sandra Lee. "Raymond Carver in the Twenty-First Century". *Companion to the American Short Story*. Alfred Bendixen and James Nagel editors. Blackwell, 2010. pp. 366-579.

Lodge, David. *Working with Structuralism: Essays and Reviews on Nineteenth and Twentieth Century Literature*. Routledge, 1986.

――. *The Art of Fiction*. Penguin Books, 1992.

Monti, Enrico. "*Il Miglior Fabbro?: On Gordon Lish's Editing of Raymond Carver's What We Talk About When We Talk About Love*. The Raymond Carver Review I*, 2007, pp. 75-91.

Nesset, Kirk. *The Stories of Raymond Carver: A Critical Study*. Ohio UP, 1995.

Saltzman, Arthur M. *Understanding Raymond Carver*. U of South Carolina P, 1988.

Sklenicka, Carol. *Raymond Carver: a Writer's Life*. Scribner, 2009.

第 3 部　村上春樹編

第 1 章

Amir, Ayala. *The Visual Poetics of Raymond Carver*. Lexington Books, 2010.

Auerback, Jonathan. *Male Call: Becoming Jack London*. Duke UP, 1996.

参考文献

Bethea, Arthur F. *Technique and Sensibility in the Fiction and Poetry of Raymond Carver.* Routledge, 2001.

Carver, Raymond. *Where I'm Calling From.* Vintage Books, 1989.

—— *Cathedral.* Vintage Books, 1989.

Clayton, Jay and Eric Rothstein. *Intertextuality in Literary History.* The U of Wisconsin P, 1991.

Fitzgerald, Francis Scott. *The Great Gatsby.* Penguin Books, 1950.

Haley, James L. *Wolf: The Lives of Jack London.* Basic Books, 2010.

Hedrick, Joan D. *Solitary Comrade; Jack London and his Work.* The U of North Carolina P, 1982.

Kershaw, Alex. *Jack London: a Life.* Thomas Dunne Books, 1997.

London, Jack. *Jack London; Novel and Social Writings.* The Library of America. 1982.

—— *The Portable Jack London.* Earle Labor editor. Penguin Books, 1994.

Malamet, Elliott. "Raymond Carver and the Fear of Narration". *Journal of the Short Story in English17*, 1991, pp. 59-74.

Perry John. *Jack London: An American Myth.* Nelson-Hall, 1981.

Stasz, Clarice. *American Dreamers: Charmian and Jack London.* Lincoln, 1999.

Sinclair, Andrew Jack. *A Biography of Jack London.* Harper&Row Publishers, 1977.

Sklenicka, Carol. *Raymond Carver: A Writer's Life.* Scribner, 2009.

Stone, Irving. *Jack London: his Life Sailor on Horseback and Twenty-eight Selected Jack London Stories.* Doubleday&Company, 1977.

荒川洋治『文芸時評という感想』四月社，2005.

浅利文子『村上春樹 物語の力』翰林書房，2013.

井上義夫『村上春樹と日本の「記憶」』新潮社，1999.

内田樹『村上春樹にご用心』アルテスパブリッシング，2007.

内田樹『もういちど村上春樹にご用心』アルテスパブリッシング，2010.

風間良彦『村上春樹短篇再読』みすず書房，2007.

加藤典洋『テクストから遠く離れて』講談社，2004.

川村湊『村上春樹をどう読むか』作品社，2006.

加藤典洋『村上春樹イエローページ③』幻冬舎文庫，2009.

黒古一夫『村上春樹 ―「喪失の物語から」「転換の」物語へ』勉誠出版，2007.

テクスト探究の軌跡－ヘンリー・ジェイムズ、レイモンド・カーヴァー、村上春樹－

柴田元幸「ケーキを食べた男」『レイ、ぼくらと話そう ― レイモンド・カーヴァー
　　　論集』平石貴樹・宮脇俊文編．南雲堂，2004，pp. 194-212.

清水良典『村上春樹はくせになる』朝日新聞，2006.

千石英世『アイロンをかける青年 ― 村上春樹とアメリカ』彩流社，1991.

巽孝之「『ショート・カッツ』への最短距離」『レイ、ぼくらと話そう ― レイモンド・
　　　カーヴァー論集』平石貴樹・宮脇俊文編 東京：南雲堂，2004，pp. 173-193.

田辺章「地震のあとで，焚火をおこす ― 村上春樹『アイロンのある風景』が映し
　　　出すジャック・ロンドン『焚火』」『東洋大学人間科学総合研究所紀要第 8 号』
　　　2008，pp. 147-155.

福田和也「『正しい』という事，あるいは神の子どもたちは『新しい結末』を喜ぶ
　　　ことができるか？ ― 村上春樹『神の子どもたちはみな踊る』論 ―」『文学界』
　　　文藝春秋 54 号，2001，pp. 184-199.

福田和也『村上春樹 12 の長篇小説－ 1979 年に開かれた「僕」の戦線』廣済堂出版，
　　　2012.

宮脇俊文『村上春樹全小説と作品キーワードを読む』イースト・プレス，2010.

村上春樹『村上朝日堂はいかにして鍛えられたか』朝日新聞社，1997.

――『神の子どもたちはみな踊る』新潮社，2000.

――『海辺のカフカ』新潮社，2002.

――『雑文集』新潮社，2011.

――『夢を見るために毎朝僕は目覚めるのです ― 村上春樹インタビュー集 1997-
　　　2011』文藝春秋，2012.

吉田春生『村上春樹とアメリカ ― 暴力性の由来』彩流社，2001.

ノリス、フランク、ジャック・ロンドン．小野協一郎訳『小麦相場・たき火』
　　　英宝社，1993.

第 2 章

秋山駿、勝又浩監修　私小説研究会編『私小説ハンドブック』勉誠出版，2014.

アップダイク，ジョン『一人称単数』寺門泰彦訳，新潮社，1977.

――『アップダイクと私―アップダイク・エッセイ傑作集』若島正編訳，森慎一
　　　郎訳，河出書房新社，2013.

上田岳弘，鴻巣友季子，小川哲「いくつもの中心のある短編の円環」『文學界』

2020 年 9 月号，文藝春秋，pp. 172-186.

内田樹『村上春樹にご用心』アルテスパブリッシング，2007.

エメリック，マイケル「ひもとく―村上春樹の短編」『朝日新聞』2020，10 月 3 日.

川上未映子，村上春樹『みみずくは黄昏に飛び立つ』新潮社，2019.

小谷野敦『反＝文藝評論―文壇を遠く離れて』新曜社，2003.

――『リアリズムの擁護―近現代文学論集』新曜社，2008.

――『私小説のすすめ』平凡社新書，2009.

――『病む女はなぜ村上春樹を読むか』KK ベストセラーズ，2014.

村上春樹『ノルウェイの森』上・下，講談社，1987.

――『神の子どもたちはみな踊る』新潮社，2000.

――『女のいない男たち』文藝春秋，2016.

――『猫を棄てる―父親について語るとき』文藝春秋，2020.

――『一人称単数』文藝春秋，2020.

沼野充義「偶然に織りなされた唯一の『私』―村上春樹『一人称単数』における回想と虚構の交錯」『文學界』2020 年 9 月号，文藝春秋，pp. 187-197.

山根明敏「村上春樹『アイロンのある風景』を読む―Jack London, Raymond Carver との間テクスト性からの研究」『テクスト研究』第 10 号，2014 年 2 月，テクスト研究学会，pp. 33-47.

Updike, John. *Assorted Prose*. Random House, 2012.

第 4 部　あとがき―結論にかえて

Haralson, Eric. *Henry James and Queer Modernity*. Cambridge UP, 2003.

松下千雅子『クィア物語論―近代アメリカ小説のクローゼット分析』人文書院，2009.

初出一覧

第1部　ヘンリー・ジェイムズ編

第1章　POIESIS 18 号　（1990）

第2章　千里山文学論集 45　（1991）

第3章　POIESIS 20 号　（1993）

第4章　『英米文学を学ぶよろこび — 多田敏男先生古稀記念論文集』（大阪教育
　　　　図書）（1995）

第5章　武庫川女子大学紀要（人文・社会科学）44 巻　（1996）

第6章　*Mukogawa Literary Review* No.36　（2000）

第7章　『知の諸相 — 赤井養光・坂本悠貴雄両先生古稀記念論文集』（大阪教育
　　　　図書）（1999）

第2部　レイモンド・カーヴァー編

第1章　武庫川女子大学紀要（人文・社会科学）45 号　（1998）

第2章　『楽しく読むアメリカ文学』（大阪教育図書）（2005）

第3章　『伊藤孝治先生古稀記念論文集』（大阪教育図書）（2007）

第4章　*Mukogawa Literary Review* No. 57　（2020）

第5章　武庫川女子大学紀要（人文・社会科学）60 巻　（2013）

第3部　村上春樹編

第1章　テクスト研究 10 号（テクスト研究学会）（2014）

第2章　*Mukogawa Literary Review* No.58　（2021）

謝　辞

　本書をまとめるに当たり、多くのご支援とご指導を賜りました、武庫川女子大学教授玉井暲先生に、心から感謝の意を表します。また、本研究を遂行するうえで、数々のご助言を賜りました、関西大学名誉教授坂本武先生に厚く御礼申し上げます。

　また遅々として進まなかったこの企画を、長年にわたり応援していただきました、武庫川女子大学名誉教授今村隆先生と大阪教育図書横山哲彌社長に、心より御礼申し上げます。

索　引

索　引

著者紹介

山根　明敏　（やまね　あきとし）

略歴　1962 年生まれ
　　　1986 年早稲田大学第一文学部英文学専修卒業
　　　1989 年早稲田大学大学院文学研究科修士課程修了
　　　1991 年関西大学大学院文学研究科博士課程中退
　　　現在武庫川女子大学准教授
　　　博士（文学）

主な業績（著書）
　　　『英米文学を学ぶ喜び』（共著）（大阪教育図書）
　　　『楽しく読むアメリカ文学』（共著）（大阪教育図書）
　　　『知の諸相』（共著）（大阪教育図書）

テクスト探究の軌跡
—ヘンリー・ジェイムズ、レイモンド・カーヴァー、村上春樹—

2021 年 6 月 1 日　初版第 1 刷発行

著　者　山根　明敏
発行者　横山　哲彌
印刷所　西濃印刷株式会社

発行所　大阪教育図書株式会社
　　　　〒530-0055　大阪市北区野崎町 1-25
　　　　TEL 06-6361-5936　　FAX 06-6361-5819
　　　　振替 00940-1-115500

ISBN978-4-271-21072-6 C3090　　　落丁・乱丁本はお取り替え致します。